AF617491

MENIS KOUMANDAREAS

EL APUESTO CAPITÁN

TRADUCCIÓN DEL GRIEGO
DE PEDRO OLALLA

BARCELONA 2024  ACANTILADO

TÍTULO ORIGINAL *Ο ωραίος λοχαγός*

Publicado por
ACANTILADO
Quaderns Crema, S. A.

Muntaner, 462 - 08006 Barcelona
Tel. 934 144 906
correo@acantilado.es
www.acantilado.es

ISBN: 978-84-19036-86-5
DEPÓSITO LEGAL: B. 1133-2024

AIGUADEVIDRE *Gráfica*
QUADERNS CREMA *Composición*
ROMANYÀ-VALLS *Impresión y encuadernación*

PRIMERA EDICIÓN *febrero de 2024*

Narrativa del Acantilado, 369

EL APUESTO CAPITÁN

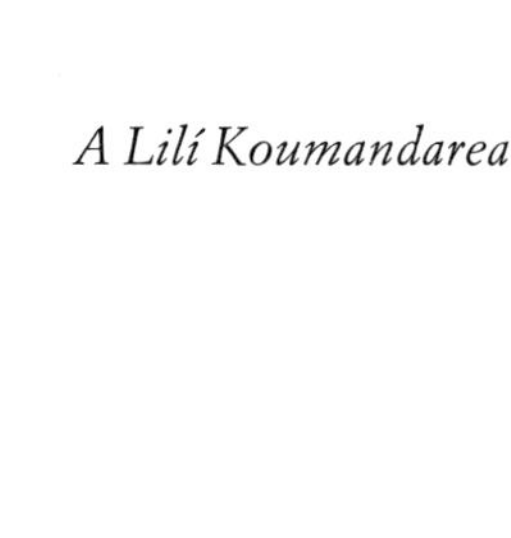

A Lilí Koumandarea.

Con el tiempo, mis visitas al señor magistrado se han ido distanciando; queda una sensación de tarde de invierno al resguardo del frío y de la lluvia, en una estancia con diplomas enmarcados, fotografías, reliquias, butacas de oficina tapizadas en cuero y un agrio regusto de té con limón. Más que un salón, se diría el archivo de un funcionario judicial en el que se acumulan historias de un tiempo ya cumplido—hombres, mujeres, familias, oficios—, infinitas cuestiones que flotan en el aire iluminadas por un postrero rayo de sol. Me atraen esas historias; y me aterran.

Mientras estoy terminando la primera taza de café, sabiendo que ha de seguir una segunda, se vuelve y me pregunta:

—¿Cómo va tu caso?

—Como siempre—respondo—. Pendiente.

Los ojos del anciano se pierden en los cuadros que le rodean.

—Es normal—murmura—, comprensible que lo mantengan así. Tú, sin embargo—y se vuelve de nuevo hacia mí—, insiste, no dejes de insistir—dice clavando su mirada.

No es seguro que me mire a mí. Desde que, no hace mucho, me lo presentaron en la Corte Suprema, ya jubilado, y él me invitó a su casa, su mirada tiende cada vez más a volverse hacia un pequeño dibujo enmarcado, único adorno en los estantes de su biblioteca. Es el retrato de un joven oficial de hermosas facciones, suavemente trazadas al carbón.

—Y seguiré insistiendo—digo—, al menos mientras usted siga negándose a contarme la historia que me prometió la primera vez. ¿Recuerda?

Me mira, tratando de saber de qué ocasión le hablo.

—¿Y qué ganarías con ello?—escucho decir a su voz, atrapada en la taza de porcelana, que él apura con avidez senil—. Todos los casos que han pasado por nuestro tribunal han tenido en común la injusticia, que éste invocaba y que era la razón de su existencia. Y también nuestras sentencias (absolutorias o condenatorias, lo mismo me da) han tenido en común un mismo dios: la ley y su aplicación. Tú, como afectado, deberías saberlo. ¿Qué puede reportarte, pues, una historia más?

Resulta evidente su arrogancia cuando hace referencia a la Corte Suprema, a la que considera su propio tribunal.

—¡Cómo no!—insisto yo, a mi vez—. Esa historia me ha dado la ocasión de conocerle. Y, por lo que sé, es un caso que causó sensación y dio mucho que hablar en su tiempo.

Gesticula.

—No creas lo que dicen. Todos los casos que, como dices, causaron sensación en su tiempo acaban enterrados en tiempos posteriores, como si fuera por venganza del brillo y el aplomo que tuvieron cuando aún eran jóvenes y atractivos. Lo mismo pasa con las personas. Se arrugan y se ajan—dice con malicia—. ¡No entiendo cómo aún se acuerdan de él!—exclama con la vista puesta nuevamente en el cuadro.

Tomo un sorbo más y espero.

—Por el contrario—continúa diciendo—, el caso del que hablas pasó, en cierto modo, sin pena ni gloria, lejos de los salones luminosos en los que nos gusta dejarnos ver; su recuerdo, no obstante, es ahora más vivo y duradero de lo que fue en el tiempo en que, dicho sea de paso, nos ocupamos de él—dice mirando la gorra que reposa sobre mis rodillas.

—Entonces—replico—, razón de más para que me lo cuente.

—Siempre optimista—me espeta secamente—. A usted su juventud le fía tiempo con generosidad. ¿Hasta cuándo, no obstante?

—Hasta que llegue a la edad en que usted está ahora —respondo, cambiando de rodilla la gorra.

Me observa; luego se vuelve nuevamente y mira el desvaído dibujo del oficial de impecable uniforme, con sus tres estrellas plateadas y la gorra con escudo haciéndole sombra sobre los ojos. Lo mira como si, de un momento a otro, fuera a infundirle vida. Un poco más y ese oficial de mi misma graduación, mi hermano gemelo, dará un paso al frente saliéndose del cuadro y vendrá a sentarse en la misma butaca de piel en la que yo me siento.

—Está bien—prosigue el anciano con una inesperada voz clara, casi juvenil—. Si así lo deseas, si eso es lo que buscas, te contaré la historia. Te advierto, sin embargo, que no será agradable, y por eso he evitado contártela hasta ahora. Es la historia del apuesto capitán—me dice—; voy a darle ese título para despreocuparme.

I

Era un soleado día de otoño de 1959. Sábado a mediodía, y por el corredor que atravesaba la segunda planta del edificio del Antiguo Palacio Real, donde a ambos lados se disponían los despachos de los jueces y las oficinas de los auxiliares, un tropel de gente iba y venía, apurando el paso ante la perspectiva de la tarde libre y del subsiguiente descanso dominical.

Me dirigía a la Secretaría cuando, sin pretenderlo, reparé en un joven alto y delgado que, a largas y firmes zancadas, avanzaba hacia el mismo destino que yo. Me impresionó el aplomo que denotaba su atuendo, un elegante uniforme de oficial del Ejército tocado con su gorra de manera impecable. Yo tenía la impresión de que todas las personas que se aglomeraban en aquel edificio eran inseguras y algo amedrentadas, a las que la sola visión de los largos pasillos y las robustas mesas de madera les cortaba las alas.

Él, sin embargo, el capitán (a juzgar por las tres estrellas de sus galones), ni por asomo parecía medroso, retraído siquiera. Su paso por el oscuro y reluciente embaldosado del pasillo era impetuoso, su presencia rebosaba amor por la vida, una vida que aún se hallaba en su esplendor primero. No debía de tener entonces más de veintiséis años, veintisiete a lo sumo, era muy bien parecido, y, pese a que la gorra le ensombrecía la cara, alcancé a ver un rostro muy varonil y fresco al mismo tiempo. Ahora que te lo cuento, sigo sin saber por qué la primera vez que vi al capitán se me quedó grabada tan fielmente su figura. Tal vez fuera cosa del tiempo: fuertes rayos de sol traspasaban entonces los velados cristales del corredor y, por efecto de la refracción, iban a caer sobre los rostros de los que por allí deambulaban, haciendo resaltar sus encantos, si eran jóvenes, o revelando su pérdida, si se trataba de personas de una cierta edad. Probablemente me hubiera olvidado de él si diez minutos después no hubiéramos vuelto a coincidir, parados los dos frente al mismo mostrador de la Secretaría. Él por la parte de fuera, y yo por la de dentro, hablando con los oficinistas y dándole instrucciones a la funcionaria.

Ésta, la señorita Tisífone o Perséfone (Fone, en todo caso, como la llamaban para abreviar), era una mujer de edad inescrutable, soltera y sin maquillaje, de nariz afilada y busto prominente. En nuestro ambiente, daba la impresión de ser un senador, debido a su espesa y frondosa melena, de un blanco grisáceo que hacía recordar ciertas pelucas de tiempos pasados, así como por los modales displicentes con los que trataba a los usuarios del servicio, aunque no hiciera más que ocuparse del registro de entrada.

He de decirte que, entonces, yo aún era vocal con voto consultivo. Mis superiores y más veteranos, los magistrados, eran los únicos que tenían voto decisivo. Éstos raramente se dignaban a acercarse a las dependencias de la Secretaría y a descender a los légamos de la burocracia, de donde, de costumbre, arrancaba el ciclón de los casos. Quizá aprovechando el hecho de hallarme en la mitad de la jerarquía, y llevado también por la curiosidad connatural a mi carácter, cada mediodía, cuando amainaba el ritmo de trabajo, solía pasearme a lo largo de los expedientes archivados, atados todos ellos con cordones en cruz, y, pese a ser lo mío el protocolo, me lo saltaba para supervisar la situación, viendo cómo el busto de Fone se hinchaba más aún de lo que ya lo hinchaba la naturaleza.

—Dígame, señorita Fone, ¿qué viento sopla hoy?

Ésta era la pregunta a la que recurría yo para entablar el diálogo con «el senador» y meter las narices un poco en su trabajo, que, a la sazón, ella tenía por asunto personal y raramente permitía a nadie inmiscuirse en él.

—El mismo viento de siempre, señor vocal—me dijo con una voz salida como un soplo de su puntiaguda nariz.

Una nariz que era un verdadero espolón.

Aquel día parecía entregada a su trabajo y a duras penas me dirigía la palabra. La razón era evidente, pues una pila de solicitudes con sus correspondientes pólizas, timbres, tasas, sellos, firmas y recargos a favor de la Caja de Juristas y de la Caja de Socorro se alzaba amenazante sobre la bandeja de entrada, obstruyendo el paso de los rayos de sol que penetraban por la ventana.

—¡Hermoso día hoy, señorita Fone!—le dije sonriendo—. ¡Mire cómo brilla el sol fuera! Es la ocasión de hacer una escapada de dos días, por eso se está yendo todo el mundo.

Y, a decir verdad, todos se estaban yendo o se disponían a hacerlo.

Pero la señorita Fone se mostraba impasible. Y mientras intentaba pasar al protocolo algunas solicitudes retrasadas la sombra de nuestro visitante vino a caer sobre su mesa, perturbando, al parecer, su crónica ataraxia.

—El señor oficial desea dirigirle la palabra—le dije con aire conciliador.

La señorita Fone refunfuñó. Me recordó a los animales cuando los interrumpes mientras comen, que se vuelven gruñendo y enseñando los dientes.

—Son las dos—dijo el senador sin levantar siquiera la cabeza—. Que vuelva el lunes el señor.

Cierta contrariedad se dibujó por un momento en el rostro del joven capitán. Como si aquella frase, por un momento, hubiera puesto freno a todo su ímpetu. Como se había quitado la gorra, pude ver dos ojos de un gris claro, algo infantil, que miraban con desconcierto coronados por dos cejas perfectas. Su frente tenía esa blancura que sólo se encuentra en las cumbres nevadas, y su mentón, muy prominente, remarcaba su aplomo, que alcanzaba el grado de triunfal.

Algo iba a decir el joven oficial (tal vez iba a quejarse) y ya la señorita Fone se hallaba preparada para contraatacar con la imbatible disposición de los escribanos, cuando, sin saber por qué, intervine de manera súbita tomando partido por el capitán.

—¡Las dos menos cuarto!—la corregí, como diciendo: «Proceda a darle curso a la solicitud del señor».

El senador levantó su mirada hacia mí y, a continuación, la dirigió hacia el visitante.

Debería haber tenido un pintor para inmortalizar entonces su expresión, o al menos un fotógrafo. Ahí donde las cejas de la solterona, depiladas a la perfección, siempre estaban fruncidas y era su frente inmaculada un mar de arrugas, de repente vi cómo el entrecejo se relajaba por completo y el semblante se le iluminaba.

—Sea, pues, por agradar al señor vocal—dijo con cierto embarazo, alargando su mano para recoger de la mía la instancia suspendida en el aire.

A posteriori pienso que, de haberse negado el senador a dar entrada a su solicitud (quién sabe, sólo tal vez), el joven capitán se hubiera ido sin rechistar, y, tras pensárselo mejor (tal vez, nuevamente), hubiera dejado para el día siguiente, o para el otro, o hubiera abandonado incluso, su intención de cursar aquella instancia. Eso, a buen seguro, lo hubiera salvado.

No habrían transcurrido más que unos cuantos minutos cuando, en un silencio roto sólo por el ruido de los papeles que había comenzado a tramitar, se puso de nuevo a murmurar.

—Faltan las tasas para la discusión del asunto—alegó finalmente como excusa.

—Pero, señora...—le escuché decir por vez primera al capitán.

Su voz era tan juvenil y tan lozana como su figura, tal vez un poco más acampanada de lo que convendría a un oficial, y con un punto de descuido que tampoco se avenía al uniforme.

—Señorita—le corrigió la solterona, retomando el semblante severo al que nos tenía acostumbrados.

—La caja aún está abierta—intervine, pensando que era justo—. Que se acerque un minuto el señor capitán a abonar esas tasas.

Yo prolongaba mi presencia adrede, como si hubiera algo en la actitud de esa mujer que me hubiera excitado.

La señorita Fone miró fugazmente al militar, erguido al otro lado de su mostrador. Algo en su expresión debió de hacerla callar de nuevo. Su rostro desprendía tal fuerza y convicción, tal inocencia al tiempo, capaz de doblegar una roca o de abrir grietas en una fortaleza inexpugnable: una de esas fortalezas era, en realidad, nuestro senador.

—Que vaya, pues—concedió ésta con impostada indiferencia.

Y cuando el capitán, con una ancha sonrisa de satisfacción, se dirigía hacia la puerta con su gorra debajo del brazo y abanicándose con la carpeta, reparé en que la mirada de Fone se había ido tras él.

Sus ojos se apartaron después y, con cierto aire culpable, acabaron alzándose hacia mí. «¿He hecho bien?», parecían estar preguntándome. «Muy bien», parecía que le respondía yo. Sin embargo, tuve la repentina sensación de que, en vez de mirarnos, ambos teníamos en la retina la figura del capitán. Como si él hubiese proyectado su sombra sobre nosotros dos: una pesada sombra que no nos abandonaría fácilmente.

Carraspeé para romper el silencio mientras la señorita Fone escrutaba la solicitud con rutinario ademán.

—¿De qué se trata?—dije por decir algo.

—Bah, nada importante, señor vocal—afirmó con su voz nasal—. Es un caso de ascenso denegado, si no he entendido mal.

—¡Ah, vaya!—dije, prestándole atención a unos trinos que llegaban del jardín vecino—. Tengo que dejarla—mascullé con prisa—. Despache al apuesto capitán y, después, lo dicho: coja su petate y... ¡de excursión! ¡Buenos días! —Y me fui hacia la puerta poniéndome el sombrero.

Ya había cruzado todo el corredor y bajado por las escaleras que salen a la avenida de la Reina Sofía[1] cuando, de repente, como si hubiera sido cosa de un eco, escuché resonar en mi cabeza las palabras que acababa de decir: «Despache al apuesto capitán».

Y así, sin darme cuenta, ya había dado nombre y atributo a ese anónimo ser que habría de ocuparnos durante tanto tiempo.

[1] Se trata de la reina Sofía de Grecia (1870-1932), abuela de la reina Sofía de España. (*Todas las notas son del traductor*).

2

Pasaron semanas, meses, hasta que volví a ver al capitán.

Sumido en los casos que llevaba entonces, ni siquiera se me pasó por la cabeza interesarme por su solicitud. Además, por los pasillos y por los despachos bullían las conversaciones con los colegas. Era, si mal no recuerdo, el mes de febrero del año 1960. Había huelga de periódicos y la retransmisión de noticias se hacía de boca en boca. Juicios de altos cargos del Partido Comunista, acusaciones de los soviéticos y, poco después, una inquietante noticia: golpe de Estado militar en Turquía.

Era uno de esos días soleados del invierno que sumía el edificio en un cálido abrazo.

—¡Mira cómo se han levantado los militares!—me dijo a la entrada, después de saludarnos, el magistrado A., haciendo un ademán con su canosa cabeza—. ¿Qué opinas tú al respecto?

—Amigo mío—dije levantando las manos—, yo, de asuntos militares, estoy pez.

Y nos fuimos los dos, cada uno a su despacho.

A los pocos pasos, vi de lejos al oficial. Estaba dando vueltas pasillo arriba, pasillo abajo. Él también me vio, y me pareció que tenía intención de hablarme. Un tropel de alguaciles y visitantes del servicio se interponía entre nosotros, haciendo que no fuera fácil acercarnos. El, sin embargo, se abrió paso entre la gente con agilidad y, al momento, estaba ya a mi lado, en posición de «firmes» y saludándome a la usanza militar.

Los años anteriores me habían dejado la amarga experiencia de que las personas que recurren a la Corte se acaban volviendo unos recalcitrantes, unas *sanguijuelas*, preguntando a todas horas por su caso, importunando a todos, desde los alguaciles hasta los magistrados, y ello hizo que me encarara al oficial con comprensible desconfianza. ¡Cómo podía yo, un simple vocal, saber en todo momento el estadio en que se hallaba cada caso!

—¿Cómo está? Me alegro de verle. ¿Cómo va su caso? —le dije, adelantándome a su pregunta.

Un ligero rubor teñía el blanco de su piel, haciendo perder a su viva mirada algo de su habitual aplomo.

Resultaba evidente que sentía ante mí cierto respeto y cierto apocamiento juvenil, muy contrarios ambos a la impetuosidad de su figura.

—No tengo noticia—me dijo con un leve embarazo—. Tal vez sepa usted algo más que yo.

Lo evalué con la mirada, y mi ponderación, que no duró más que un instante, resultó indulgente.

—Acompáñeme—le dije, y aunque me dirigía a mi despacho, cambié de rumbo y nos encaminamos los dos a la Secretaría.

La mayoría de la gente iba de traje y corbata, aunque algunos llevaban jersey, con el cuello de la camisa abierto. No era partidario del libertinaje en el vestir, pero tampoco condenaba a quienes intentaban librarse de las formalidades. Mi propio gesto, pensaba, de acompañar a esta persona en las indagaciones que ella debía hacer por sí sola era también un acto de libertinaje frente a la burocracia. Algo que, en el fondo, se avenía asimismo a la estructura tradicionalmente democrática de la Corte Suprema, pues su labor, te recuerdo, es someter los actos del poder ejecutivo a un control judicial por parte de un tercer poder independiente.

—Éstas son las oficinas de la Secretaría—le dije, como queriendo recordarle el escenario de nuestro primer encuentro—. Aquí podrá enterarse del rumbo que ha tomado su caso en el departamento de la Corte al que ha sido asignado, y tal vez pueda saber el nombre del instructor encargado.

Y le expliqué, en pocas palabras, el procedimiento.

El joven oficial me escuchaba con tanta atención, y con su mirada clavada de tal modo, que, en un momento dado, me vi obligado a bajar la mía. Sus ojos desprendían una radiación especial, mezcla de inocencia juvenil y de confianza en sí mismo, que podría llegar a tomarse por altanería.

Me disponía a despedirlo, entregándolo al abrazo de nuestro senador—quien, con su cenicienta peluca y su incisiva nariz (como un pico de ave exótica), aguardaba emboscada al fondo de la estancia—, cuando el oficial, cogiéndome de la manga de la chaqueta, me dijo en voz baja:

—Tal vez sería mejor que viniera usted conmigo.

Era el tono de su voz tan persuasivo y cálido que, abriéndome paso por el laberinto de la Secretaría, le permití que me siguiera.

—Aquí—dije, inclinándome sobre el senador—la señorita Fone nos pondrá al corriente del asunto. ¿Tiene con usted el número de protocolo?

Esperaba que el joven se pondría a rebuscar en sus bolsillos hasta dar con un papel ajado y leer después el número, no sin cierto embarazo. Pero no fue así. Muy al contrario, dijo con claridad el número que había memorizado, sacando a nuestro senador de su proverbial letargo. Un escribano se había quedado con el sello suspendido en el aire, mientras otro lanzaba una mirada patética desde detrás de su libro de asientos. Todos lo miraban pasmados.

—¿Y bien, señorita Fone?—dije con cierta impaciencia—. El señor está esperando.

Me miró de reojo. Era la segunda vez que me entrometía en sus funciones intercediendo por la misma persona. Pero no se atrevió a replicar en lo más mínimo. Al contrario: con certero proceder, encontró en su registro la referencia del expediente y, desatando las cintas del cartapacio, sacó, como por arte de magia, una copia de la solicitud del capitán.

—El original ha sido remitido a su destino—me dijo, apretando los labios e ignorando de forma manifiesta al capitán.

—¿Me permite?—dije yo, quitándole con tino la copia de la mano.

Volvió a reclinarse sobre su escritorio y a trajinar con sus papeles, mientras el capitán y yo comentábamos en voz baja el asunto. Por el rabillo del ojo, sin embargo (más pude intuirlo que verlo), escrutaba al capitán de pies a cabeza.

Había visto a muchos militares entrar a nuestras oficinas, y todos, desde el más joven y esbelto hasta el más viejo y barrigón, iban vestidos de forma impecable. Todos con la severidad de su procedencia. Éste, sin embargo, el capitán, que no era la excepción a la regla, la superaba. No era sólo la raya perfecta de su pantalón, los lustrosos zapatos de charol marrones, el nudo triangular de su corbata caqui, el escudo que brillaba en su gorra o las relucientes estrellas de sus galones; ni tampoco los dos pliegues que, en su espalda, daban vuelo a la tela, subrayando la esbelta línea de sus hombros—ni el mejor sastre hubiera podido conseguir ese efecto sobre otro modelo—; era su gracia, unida a su aplomo—que venían ambos de un lugar profundo, quizá de su alma—, lo que confería belleza y apresto a aquel uniforme.

Tras echarle una mirada a su solicitud y escuchar de él algunas razones, le toqué el hombro de forma protectora, como a un niño más vivo y más airoso que los otros, dándole mi palabra de que su caso sería examinado con justicia.

Me miró con sus ojos brillantes, en los que entonces no supe detectar más que agradecimiento.

«Tanto mejor—dije para mí—, pues este joven, además de sus otras cualidades, es discreto y amable. Sin embargo, ¿por qué razón el Consejo Militar le habrá denegado el ascenso?». La justificación referida en el documento decía «inquieto y poco disciplinado, propenso a la discusión», pero eso, en el fondo, no significaba nada, y el hombre debía de tener argumentos de peso para recurrir a nuestro tribunal.

Lo acompañé hasta la puerta de la Secretaría y me quedé mirándolo mientras se alejaba por el corredor.

Entre los muchos que iban y venían—algunos descuidados y abrumados, y otros simplemente dignos—, él caminaba hacia la salida con un porte que sólo había visto en los desfiles, y con un aire de optimismo que pulverizaba cualquier adversidad.

«¡Este muchacho llegará lejos!», recuerdo que me dije.

Más tarde, al volver sobre mis pasos para depositar de nuevo el documento en manos del senador, me topé con la mirada de ella.

Había abandonado su trabajo y parecía haber estado asistiendo a mi encuentro con el capitán. Había algo maliciosamente encubierto en aquella mirada. Me asusté un poco.

—Aquí tiene—le dije, devolviéndole el papel—. Devuélvalo a su sitio, por favor, y—no sé cómo se me ocurrió decírselo—prepáreme una copia para uso personal.

El senador metió con decisión el impreso dentro del cartapacio y empezó a atar las cintas. A veces, se volvía a mirarme.

Yo esperé de pie a que terminara.

—Un caso del montón, no cabe duda—dijo al final, haciendo con destreza una lazada.

Había en su voz cierto matiz que quebrantaba la formalidad del lugar. Me sentí molesto.

—Usted, señorita Fone, encárguese, por favor, de tramitar el expediente lo antes posible—dije, dando a entender que todo lo demás sobraba.

Pero ella tenía la respuesta lista en la punta de la lengua.

—Así lo haré, señor vocal.

Y cuando ya me disponía a irme dijo:

—¡No en vano se trata del caso del apuesto capitán!

Me quedé mirándola un momento, pensando que, en adelante, ya no sería fácil referirnos a este caso sin que saliera a relucir el epíteto del implicado.

Me fui, sin más demora, dejándola ocupada con sus papeles.

Pocos días después, un alguacil llamó a la puerta de mi despacho. Era un joven lampiño y regordete, de ademanes afeminados, que respondía al nombre de Gamilas, quién sabe si porque andaba por los pasillos con paso parecido al de los camellos del desierto.[1] Yo acababa de encender el primer cigarro del día, contemplando desde la ventana el Jardín Real (que hoy llaman Jardín Nacional).

—¡Adelante!—dije.

—¡Hermoso día, señor vocal!—me dijo con su voz voluptuosa mientras se aproximaba contoneándose con una pila de sumarios.

—¡Muy hermoso!—exclamé distraído—. Déjalos ahí encima—le dije, señalando un rincón del despacho.

Se inclinó para dejar el montón de papeles y parecía no

[1] *Kamila* es 'camello' en griego.

querer marcharse. Me miraba como diciendo: «¿No es una pena que estemos aquí dentro con el día que hace?».

—¡Está bien, gracias!—le dije, dándole a entender que su presencia no contribuía al disfrute de mi primer cigarro.

—Sí, señor vocal—dijo mientras se retiraba caminando hacia atrás, con movimientos lentos y oscilantes, y salía dejando la puerta entreabierta.

—¡La puerta!—le grité de lejos.

Apagué el cigarro y cogí del montón un primer expediente al azar.

Cuando empecé a leerlo, algo me dijo el nombre del solicitante. Como si no me fuera del todo ajeno, como si se tratara del de algún viejo amigo o conocido, o el de alguien que se me hubiera quedado grabado. Seguí leyendo con curiosidad hasta que me di cuenta de que era la solicitud de un militar. Volví al principio para comprobar el nombre. No cabía duda: era el caso del capitán.

Me quedé un rato con el expediente en la mano. «¡Qué casualidad!», me dije, y mi mente voló de inmediato hacia el oficial. Recordé su figura y su aspecto. Era de esas personas que no se olvidan con facilidad. «¡Imagínate que llegara a enterarse!», dije, figurándome su reacción. Y pensé: «Seguro que, en su entusiasmo y su ignorancia de los hechos, se le pasaría por la cabeza que he tratado de adjudicarme su caso». «¡Tonterías!», exclamé después, y me puse a la labor.

Por la ventana que daba al jardín me asediaban los bulliciosos trinos.

Desde entonces, cada mañana en el despacho, y muchas noches en casa también, estudiaba, entre otros casos, el expediente del capitán. Me rompía la cabeza tratando de entender las razones por las que la Jefatura le había denegado el ascenso. Algo en ese «inquieto y poco disciplinado» no me cuadraba del todo. Y esa «propensión a la discusión» tampoco la entendía. Todos somos propensos a discutir. Es parte de nuestro papel como seres sociales. No hallaba en ello nada que hiciera de menos al capitán. Estas y otras dudas me despertó aquel expediente. A punto estaba de escribir a su unidad solicitando información complementaria cuando, a los pocos días, recibí en mi despacho su visita.

¿Cómo llegó a enterarse de que había sido designado instructor de su caso? ¡Misterio! Lo cierto es que allí estaba, parado al otro lado de mi mesa y sonriendo con aire triunfal. Era como si me dijera «Lo sabía desde el primer momento. Estaba seguro de ello» mientras me desarmaba con su luminosa mirada. Casi como tú ahora.

3

Los despachos de los magistrados, como casi todas las dependencias de nuestra planta en el Antiguo Palacio, están revestidas, hasta media altura, de planchas de madera; en concreto, de roble. De roble macizo, nada de imitaciones de esas que se ven en edificios públicos, que son contrachapado o *novopán*. Por haberme criado en una casa antigua, estoy habituado a los aparadores con relieves, a los trincheros con columnillas que se alzan para sostener plafones y a escuchar por las noches, en mi habitación, a la carcoma royendo la madera, penetrando hasta el alma. Me siento en perfecta armonía con lo viejo y padezco una declarada aversión natural hacia todo lo nuevo y lo barato. Del capitán, sin embargo, ignoraba por completo dónde había crecido y suponía que, más bien, alejado de las casas antiguas, de ésas donde el trinchero de la abuela era la pieza principal.

No obstante, sentado frente a mí con su rutilante uniforme, el capitán se comportaba con naturalidad, como si hubiese nacido en la mismísima Corte Suprema. Era un lugar que le sentaba como un guante. Y, como soy curioso, le pregunté por sus orígenes. Me dijo que era de una pequeña villa de Lócride y que, siendo muy joven, había venido a Atenas con intención de estudiar.

—¿Y cómo es que se hizo militar?—le pregunté yo.

—Desde hace mucho tiempo—empezó a relatarme—, tenemos una rama en mi familia, por parte de mi madre, de parientes que han servido en el Ejército y se han quedado en él después. Ninguno de la Escuela, claro está. Pero, desde pequeño, me acostumbré a ver a gente de uniforme por casa, contando historias del cuartel. Y esa gente, aunque sujeta a cierta disciplina, me parecía que disfrutaba de mayor libertad y admiración, y que se comportaba como los héroes de los libros. Cómo no, teníamos en casa todos los libros de Pinelopi Delta, *Por la patria*, *El tiempo de Matabúlgaros*, que sin duda hubieron de influirme.

Hablaba con soltura, mirándome a los ojos con aquella irresistible sinceridad.

—Ayudó también—siguió diciendo—el hecho de que la profesión de mi padre (ingeniero agrónomo) me pareciera muy poco rentable en nuestros días. Para estudiar Derecho, para lo que creo que tenía vocación—dijo recorriendo con su mirada una hilera de tomos de mi biblioteca—, no conté, sin embargo, con el apoyo suficiente de los míos.

Sin querer, también mi vista se fue para los libros, y recordé que mi deseo juvenil era la poesía. Y he de confesarte que, de vez en cuando, escribo aún algunos versos, aunque no me considero poeta. El rostro del capitán, sin embargo, pese a su vocación por el Derecho, era todo un poema: un regalo fugaz de la naturaleza al hombre, que él, sin darse cuenta, paseaba por los cuarteles.

—Así que su carrera es fruto de la casualidad—le dije.

—No exactamente—se apresuró a responder con aire tajante y orgulloso—. Ponderando la situación, me di cuenta de que estaba llamado a sobrevivir en el seno de una familia con cinco hermanos; luego, llevado por los consejos de algunos amigos que se habían alistado en el cuerpo de Policía y en la Escuela de Aviación, decidí hacer exámenes de ingreso en la Escuela de Cadetes.

—¿Todos sus amigos son gente de uniforme?—le pregunté sorprendido y con una dosis de ironía que fui incapaz de contener.

Me miró como mira un alumno que trata de adivinar la intención de las palabras del maestro antes de responder.

—La mayoría—dijo—. ¿Sabe? Es difícil para un joven de provincias relacionarse por Atenas. Además, no hay mucho margen para elegir. La vida te va llevando.

Asentí con la cabeza. Lo que decía era verdad. Y, además, el tono de su voz me pareció, por vez primera, melancólico. Algo de lo que él no parecía haberse percatado.

—Y tal como van las cosas—le dije—, mientras siga llegando a Atenas tanta gente de provincias, más difícil aún va a ser para los jóvenes hacer carrera. Y también más difícil será para nosotros abrirles un camino.

Me miró inexpresivo con sus ojos radiantes, como si aquella aseveración general no le incumbiera en absoluto, dado que él ya había dado el salto decisivo de emprender una carrera.

—Pero mejor volvamos al asunto—dije, intuyendo una tendencia mutua hacia la plática—. Volvamos a lo que nos ocupa.

—Sí, señor. Volvamos al asunto—repitió, y, como despertando de algún sueño, se recompuso en el asiento y cambió de rodilla la gorra.

—¿Cuánto tiempo lleva en el Ejército?

—Terminé la Escuela en el 48. Serví durante un año como alférez; en el 49 me ascendieron a teniente y en el 52 a capitán. El año pasado fui propuesto para comandante y, a decir verdad, ya debería haber ascendido.

—¿No les ascienden a los dos años?—le pregunté.

—Normalmente, son necesarios dos o tres años para los primeros grados, y seis o siete para llegar a capitán—me respondió—. Pero ha habido momentos excepcionales en los que se ha saltado de grado en un año o en menos. Así, yo fui alférez un año y, por las circunstancias, mi formación en la Escuela duró también un año.

—Entendido—dije como si hubiera oído recitar un poemilla—. He examinado atentamente su hoja de servicios y no parece haber en ella nada censurable; al menos, nada concreto que pueda ser obstáculo para su ascenso.

Saqué una hoja de su expediente, que tenía frente a mí, y, poniéndome las gafas, leí en voz alta:

—«Culto, valiente y honrado. Destaca por su excesiva observancia de las reglas de la vida militar». En todo excesivo—le dije, haciendo un chiste—. ¡Hasta en la disciplina!

Me miró muy serio.

—Eso es lo oficial—me dijo—, pero también circulan otras cosas. —Y me mostró un papel que llevaba doblado en el bolsillo interior de su chaqueta.

Rezaba en él el epígrafe «Anotaciones sucesivas del trimestre», y, por lo que alcancé a ver, se distinguían las categorías «Dotes personales del oficial», «Impresión general sobre el oficial», «Opinión del superior en el escalafón», «Notas adicionales» y «Anotaciones sucesivas posteriores al trimestre».

Cada una de dichas categorías estaba dividida en apartados relativos a las «Dotes morales y psíquicas», la «Valía profesional», las «Dotes de mando», la «Salud y resistencia física» y otros muchos conceptos. Había incluso preguntas del tipo «¿Es fiel al poder legítimo?», «¿Es charlatán?», «¿Es alarmista?».

Lo recuerdo bien porque me impresionó su minuciosidad y su infantilismo. Desconozco cómo son hoy las cosas—tú lo sabrás, sin duda—, pero, para poder rellenar tales informes, imagino que el interesado habría de pasar por sucesivas cribas, como las que se utilizaban antaño para separar el grano de los gorgojos.

Me hallaba sumergido en este océano de palabrería, cuando él se aproximó para señalarme con el dedo un apunte incluido en la sección «Notas adicionales»: «Tendente a discusiones impropias de la clase militar; propenso al partidismo; sentimentalmente inestable». Y seguían otras observaciones así, de las que ahora no puedo acordarme.

—Dígame una cosa—le pregunté—, ¿acaso los ascensos no se otorgaban de conformidad con su hoja de servicio? Este papel—añadí, moviéndolo en el aire—, ¿qué sentido tiene?

—Todo se tiene en cuenta—me dijo—. Especialmente lo confidencial (llamémoslo así).

—¿Y esto es confidencial?

Me miró antes de responderme.

—En cierto modo. Se preguntará usted cómo llegó a mis manos.

—Bueno—le dije con cierta impaciencia—, no nos detengamos en eso. Dígame, por favor, ¿es cierto que discute? ¿Sobre qué discute?

Me dirigió su singular mirada, que entonces reflejaba el sol de la mañana.

—Como griego que soy, hablo de los temas que atañen a todo ciudadano o soldado de este país. Aunque trato de limitar las discusiones a un reducido grupo de compañeros.

—¿Y está usted seguro de que sus compañeros son todos de fiar?

Se incorporó con cierto orgullo.

—Son mis compañeros de la Escuela, y hemos hecho carrera juntos.

Empezó entonces a darme algunos nombres.

Yo le detuve con un gesto.

—No me ha dicho aún de qué hablan—observé con una

leve sonrisa, como tratando de aliviarle—. ¿De política, tal vez?

Frunció el ceño. Una nube cruzó su mirada, pero se diluyó al instante, y el sol del optimismo inundó nuevamente sus ojos.

—Sobre la situación en general. Creo que las cosas que se salen de los estrechos límites de la política (al menos, tal como la entienden los periódicos) son del interés de un oficial.

Su voz, aunque firme, le falseaba un poco.

Me ajusté las gafas de leer, que había dejado colgando de la punta de la nariz, y me quedé mirándolo en silencio.

—Dice usted bien. Muy bien. Pero ¿no cabe la posibilidad de que sus intereses le hagan aparecer, a ojos de sus superiores, como «díscolo e indisciplinado», por limitarme al parecer del Consejo que le ha declarado no apto para el ascenso?

Me miró con los ojos de un niño al que regañan por pasar muchas horas jugando.

—¿Y qué persona no tiene intereses, sobre todo si es joven? Quienes sostienen lo contrario, o han envejecido antes de tiempo o...

—... o tienen otros intereses—se me ocurrió decirle, no sé cómo.

Me lanzó una mirada profunda. Inteligente.

—Quiere usted decir—apostilló—que existe entre los superiores una tendencia a mirar mal a los más jóvenes.

No sabía muy bien qué había querido decir, y le dejé terminar con su razonamiento.

—Porque ellos—prosiguió diciendo con cierto énfasis—consideran que han pasado por mil tribulaciones, y a nosotros nos ven como ingenuos sin experiencia alguna. Nos toman por necios.

Había vuelto a cambiar de sitio su gorra.

—Es natural—le dije—. Sucede en todas partes, no sólo en el Ejército. Y no olvide—recalqué—que los superiores a los que se refiere vivieron una guerra muy particular—no dije «civil» porque el término no se había generalizado aún, pero evité decir «guerra de bandos»—que, si contamos la ocupación, duró casi una década. Tal vez usted estuvo en la línea de fuego. Si no me equivoco, la quinta del 48 también participó en las operaciones.

—Es cierto—respondió—, tengo compañeros que lucharon en Grammo y en Vitsi. A mí, una enfermedad me mantuvo en la retaguardia.

De repente, se había quedado muy serio.

Me abstuve de preguntarle de qué enfermedad se trataba.

—¿Se encuentra ahora totalmente curado?

Me miró fijamente. Su rostro resplandecía de nuevo. Ese brillo, pensé, ha de ser sin duda señal de buena salud.

—Los superiores—continuó diciéndome sin responder a mi pregunta—, sobre todo los que combatieron, son partidistas, digámoslo así. Comprometidos con el Ejército. No como nosotros, los oficiales jóvenes, que, sin estar preparados, nos vimos un buen día en las montañas. Le aseguro que los que, de mi quinta, participaron en las operaciones (los que sobrevivieron) quieren olvidarlo. Han visto y padecido de todo. Aquélla no era nuestra guerra. Es agua pasada.

Su mirada fija y altiva me traspasaba y se perdía por la ventana abierta, donde las copas de los árboles del jardín se mecían movidas por algún vientecillo.

Le hice notar que se trataba de un pasado demasiado reciente como para no tener influencia, y ahora que te lo cuento, años después, sigo pensando lo mismo. Sobre todo, a raíz de la experiencia adquirida desde entonces. Porque, en ese momento, tampoco yo me percataba de nada.

—¿No será acaso que, para sus superiores, esa actitud indica que usted niega cierta ideología?—le pregunté.

Me miró sorprendido.

—¿Qué insinúa? ¿Que acaso carezco de espíritu nacional?

Había palidecido, lo que intensificaba la impresión que me causaban sus ojos, muy profundos y oscuros, como si hubieran perdido lo juvenil y mostraran ahora, de repente, al capitán en una edad madura. A decir verdad, pensé fugazmente cómo habría de ser aquel rostro al cabo de los años.

—No seré yo quien ponga en duda su espíritu nacional —le dije sin poder contener cierta sonrisa ante aquella expresión tan mancillada en los años de los que te hablo—. Al menos, no es de la incumbencia de la Corte que habrá de juzgarle. Por suerte o por desgracia, estamos por encima de pasiones políticas, de todas las pasiones, salvo de aquellas que la ciencia jurídica reconoce que existen en el tempestuoso océano de las leyes.

Me miró con atención, como si no captara lo que realmente quería decir.

—Si quiere conocer mis convicciones—me dijo—, no tengo convicciones en el sentido que utiliza la prensa.

Volvía nuevamente a arremeter contra la prensa.

De repente, su voz se había vuelto dura e «indisciplinada», como diría probablemente el Consejo de Ascensos.

—Su familia, no obstante—observé yo, deseoso de agotar el tema—, su padre, por ejemplo, tendría sin duda algunas convicciones. Todos los griegos, desde la guerra en adelante, tenemos convicciones, sería ridículo negarlo.

—Mi padre, por tradición, era de Venizelos; hoy sigue siendo del Partido de los Liberales.

Hablaba con un orgullo contenido, con cierta vehemencia a la vez, algo que probablemente no reconocía ante sí mismo, y con un desdén que me hizo imaginar cómo habría de comportarse en el cuartel.

—¿No será precisamente eso—traté de hacerle ver—lo que influye sobre su consideración general en el Ejército?

—No—respondió, muy rotundo—. Además, no soy el único de padres liberales. Hay otros compañeros, y no han tenido problema para ascender.

Se dirigía a mí como si estuviéramos envueltos en una discusión.

—Mire usted—le dije—. No soy militar ni tengo competencia (ni siquiera intención) de someterle a un interrogatorio. Si le pregunto, es para esclarecer su caso en lo posible. Suponga que está usted ante un abogado o ante un confesor (lo mismo da) y que del grado de su sinceridad depende el grado de la ayuda que éste pueda prestarle.

Su rostro se iluminó de repente. La palabra *ayuda* era, al parecer, la que tanto tiempo llevaba esperando. Recuperó entonces el aire del joven indolente que juega con un uniforme y un espadín.

—No—me dijo—. No dejo que mis convicciones influyan sobre el entorno en el que vivo y presto mi servicio. Además, ya le he dicho que soy siempre cuidadoso con mis conversaciones y que no me he involucrado en ningún movimiento.

Esto último sonó como si se le hubiera escapado.

—¿Existen movimientos dentro del Ejército?—le pregunté, jugando con el abrecartas de mi escritorio—. ¿De qué tipo? A decir verdad, lo que dice me trae a la memoria cierto librillo sobre una organización llamada IDEA, escrito por un tal Karageorgis, Karagiannis, o algo así. Se lo pregunto—me apresuré a aclarar—sin que ello tenga relación alguna con su caso.

—Sí, señor—afirmó—. El general Karagiannis, de la 9.ª División de Acorazados.

—¿Y de qué se trata? ¿Qué es eso de la IDEA?

—Supongo—me dijo—que es una facción a la que pertenecen algunos oficiales de convicciones puras que aspiran a un mejor funcionamiento y dotación del Ejército.

Lo dijo, una vez más, como recitando un poemilla.

—Entonces—repliqué—, es plausible que exista una facción paralela, con una ideología opuesta, de oficiales moderados o demócratas, digámoslo así. ¿Me equivoco?

Fue como preguntarle a un sacerdote por un posible cisma en el seno de su religión.

—Se equivoca—me dijo suavemente—. Serán habladurías.

—Está bien, pues—dije yo, cambiando de tono—. Dado que usted no está involucrado ni con unos ni con otros, no veo razón para ocuparnos de ellos. Volvamos a su caso.

—Muy bien—dijo con evidente alivio.

—Tengo aquí su hoja de servicio, que no tiene nada que reprochar. Sinceramente, no veo en ella nada digno de mención que pueda impedir su ascenso. Incluso ese papel que lleva en el bolsillo no significa nada para mí. Parece que se trata de un malentendido. Sentimentalmente inestables—enfaticé—somos, quién más quién menos, todos. Así nos hizo la Naturaleza. Suponiendo que el veredicto del Consejo de Ascensos tenga un atisbo de injusticia para con usted, el instructor de su caso (que la fortuna y el servicio han querido que sea yo) tratará de disipar ese atisbo.

—Se lo agradezco—me dijo con su agradable voz acampanada—. Estaba seguro de ello. Desde el primer momento, no me cupo duda.

Habíamos llegado al final de nuestra primera conversación sustancial y nos habíamos quedado en silencio, mirándonos el uno al otro. No parecía haberse percatado en absoluto de las palabras *fortuna* y *servicio.* Las palabras que salían de su boca, en cambio, no parecían tener rastro alguno de doble intención. Nada de apasionamiento impostado, teatralidad o adulación. Su propia figura estaba fuera de toda duda. La belleza que lo caracterizaba no dejaba margen a la jactancia. Al contrario, parecía hallarse revestida de un halo de moralidad.

Me levanté para acompañarlo a la puerta.

—Yo también se lo agradezco—le dije con formalidad, tratando de borrar cualquier indicio de sentimentalismo—. Le aseguro que haré todo lo que sea humana y legalmente *posible.* —Y, enfatizando este último adverbio, le estreché la mano, en señal de que nuestra entrevista había terminado.

El tacto de su palma dejó cierto frescor en la mía, totalmente distinto a las muchas salutaciones que a menudo me veía obligado a soportar. Este hombre, pensaba, no pretende imponer sus ideas, y tal vez no tenga otra idea que la de la juventud, el vigor y la resolución de triunfar en la vida.

Viéndolo alejarse con su paso brioso y veloz, pensé en sus superiores. ¡A saber quién sería el jactancioso y estreñido comandante que había hecho el informe! ¡Qué clase de burocracia medieval imperaba en los pasillos de los cuarteles!

Y, a propósito de esto, eché una mirada a nuestro propio pasillo, que entonces relucía, libre de la presencia de visitantes. Es curioso cómo ese edificio (el Antiguo Palacio), cuyas dependencias compartíamos con el Parlamento griego, tenía un aire frío y severo. Más bien propio de una Escuela de Guerra. No en vano, los planos de ese palacio habían sido trazados por el arquitecto bávaro Friedrich von Gärtner, quien trasladó la concepción cuartelaria del norte al paisaje tradicionalmente liviano del Ática. «Un ambiente totalmente insalubre para los jóvenes—pensé—, aunque el apuesto capitán no necesita de nosotros: él es muy joven, invulnerable».

4

Pasaron algunos meses hasta que llegó el día del juicio.

Sería, si no me equivoco, a principios de 1961. Me había levantado temprano, había desayunado mi té y me entretenía echando un rápido vistazo al periódico *Libertad* y sonriéndome con las caricaturas de Bost: la Madre Grecia, con su casco de penacho y sus harapos, y sus hijos Pinaleón ('León Hambriento') y Anergitsa ('Desempleadilla'). Era como si los tres juntos compendiaran el sentir del ciudadano medio. «¿Están así las cosas—me preguntaba—o es que quieren pintarlas así?».

Siguiendo las calles de Suecia, de Maraslís y del Patriarca Joaquín, a las nueve en punto estaba en la Corte Suprema. Y a las nueve y media comenzaba la vista.

El primer paso era acudir a nuestros despachos. Todos los colegas teníamos un despacho propio, con el nombre y el título sobre una plaqueta colocada en la puerta. A continuación, abríamos los cajones para sacar los expedientes del caso del día, referido en el tablón a tal efecto, y en ocasiones nos familiarizábamos con algunos detalles que podían haber pasado desapercibidos.

No sé si les ocurría lo mismo a los otros colegas, pero a mí solía esclarecérseme de noche alguno de los puntos del sumario, y entonces me levantaba en pijama y corría a anotarlo en un cuaderno, porque ¡pobre de mí si confiaba en acordarme por la mañana! La noche es un mar que uno cruza con la conciencia sumergida. Llegada la mañana, no queda más que una leve sombra de lo sucedido. Y he de reconocer que, con frecuencia, no han sido las horas dedicadas al estudio las que esclarecieron un caso, sino estos destellos nocturnos, semejantes a los que conocen los poetas y los escritores.

Antes de acudir a la sala del juicio, todos los compañeros atravesábamos una antesala habilitada como guardarropa.

Colgadas allí, con el nombre de cada uno, aguardaban las togas: las batas, como solíamos decir. Eran vestimentas talares, de terciopelo oscuro, con un ribete azul en el cuello y las mangas en el caso de los vocales del tribunal y uno negro en el de los magistrados.

Dos señoras estaban al cuidado de ellas.

La primera, la señora Clío, era la modista de la casa. Cada nuevo miembro electo había de ponerse en sus manos delante de un espejo, donde ella, con el alfiletero en la muñeca, marcaba el patrón sobre nuestro propio cuerpo. Era una mujer menuda, con las muñecas muy flexibles y los dedos muy ágiles, capaces de hacer verdaderas maravillas.

La segunda, la señora Melpómene, nos ayudaba cada día a asentar las batas sobre el traje, o sobre la camisa llegado el verano. Al contrario de Clío, ésta era una mujer alta y severa, una sacerdotisa retirada del coro que ayudaba a los nuevos danzantes en sus primeros pasos. Mientras uno era vocal del tribunal, el cuidado de la bata se realizaba con esmero, a la vez que con cierta presura; sin embargo, cuando llegaba a ser nombrado magistrado, Melpómene se empleaba con histérica meticulosidad, obligándole a girar sobre su propio eje cuantas veces consideraba necesario.

El colmo eran las gorgueras. Eran de lino blanco, muy ceñidas al cuello y abiertas sobre el pecho en forma de abanico. Todas de pliegues almidonados, y atadas en la nuca con cordoncillos y corchetes. Todas obra de Clío, pero sometidas al estricto control de Melpómene. Bien podría decirse que nuestra apariencia física estaba confiada al patronazgo de estas dos señoras, que, como dos musas, batían sobre nosotros sus alas sutiles.

Vestidos de esta guisa, pues, efectuábamos nuestra entrada en la sala, seguidos por la mirada de las dos mujeres desde las bambalinas, prestas a intervenir ante la menor inobservancia de las formas, ya se torciera una gorguera o se relajara una bata. Primero entraba el presidente por la puerta de la derecha, seguido por los más veteranos, que se colocaban a su diestra; los de menor edad hacíamos la entrada por la izquierda, tomando asiento en dicho flanco. Y, sin música alguna que acompañase el comienzo de la función, nos sentábamos todos como inescrutables esfinges en medio de un silencio sepulcral.

La sala era la apoteosis de la ebanistería. Todo estaba hecho en roble. Los escaños, dispuestos en tres filas en forma de hemiciclo: una más baja, otra intermedia y, al final, la más alta, en cuyo centro tomaba asiento el presidente. Las butacas, con sus respaldos elípticos, contribuían a la magnificencia del lugar.

Mediaba un foso de madera por el que circulaban letrados y alguaciles, y al otro lado, también en graderío aunque frontal, se hallaban los asientos de los asistentes: los rivales, con sus representantes, familiares y amigos, y también cualquier curioso oyente deseoso de asistir al proceso. Pese a que la entrada era libre, estábamos muy lejos del espectáculo de los tribunales comunes—en especial, de los de lo penal—, con sus trifulcas, sus pendencias y sus cancerberos. Todo transcurría en un clima de serenidad, donde la única distracción era el crujido de los asientos de la audiencia cada vez que alguien se levantaba o se sentaba. Tanto recogimiento no se veía más que en el tribunal del Areópago. A ello contribuía el hecho de que muchas veces los implicados estaban ausentes, y de que la comparecencia de los letrados no era obligatoria, dado que la solicitud del recurrente—tal era el caso del capitán—venía firmada por su abogado plenipotenciario. Todos ellos, déjame decirte, se echaban a menudo el sobrecillo al bolso y daban el asunto por terminado. Al contrario de lo que era habitual en los tribunales penales, nuestras sentencias no se emitían el mismo día, ni tampoco al siguiente, sino después de un buen lapso. Semanas, meses incluso. Las sentencias parecían frutas almacenadas en fresqueras, esperando la maduración.

Aquel día, pues, a principios de 1961, había extrañamente un clima de tensión. Lo recuerdo bien: era febrero o marzo y tanto en los despachos de los magistrados como en el guardarropa todos comentábamos una noticia que acababa de darse y que había revuelto las aguas: Georgios Papandreou acababa de anunciar la fundación de un nuevo partido. Algo importante para la valoración de la situación y una amenaza para la derecha, que entonces llevaba años monopolizando el poder bajo el nombre de partidos como Alarma o ERE.[1] O, al menos, eso era lo que decían mis compañeros; porque yo, bastante pez en cosas de política, escuchaba más de lo que me atrevía a decir.

—Dime una cosa: ese tal Papandreou, ¿es de izquierdas o sólo se hace?—recuerdo que me preguntó el vocal G., un tipo tan miope como buen compañero, con el que compartía las aficiones de la lectura y de la música.

—No hay nada que temer—replicó el vocal V. con su boca carnosa—. Si, como dices, fuera de izquierdas, no hubiera estado hasta hace poco negociando su entrada en la ERE.

—Espero que sea como dices—intervino el vocal A., atu-

[1] Unión Nacional Radical (Εθνική Ριζοσπαστική Ένωσις): partido de derechas fundado en 1956 por Konstantinos Karamanlis.

sándose con la mano su venerable cabellera—. Pero me temo que eso no es más que una estratagema.

Y así, departiendo, pasábamos después a la sala.

Cada uno de nosotros se hallaba en su sitio—siete magistrados y dos vocales—y el presidente había efectuado su acostumbrada reverencia ante los asistentes—que aguardaban en pie a que éste se sentara—cuando me percaté de la presencia del capitán.

Estaba en la primera de las filas reservadas a la audiencia. Solo, sin abogado, muy formal, más arreglado y repeinado que nunca: parecía un niño de primera comunión. Él mismo había juzgado innecesaria la comparecencia de un abogado y yo le había alentado en esta decisión, considerando su caso sencillo y carente de complejidades particulares. Le había dicho incluso que no se personara siquiera en el juicio. Pero, ante su insistencia, había terminado por decirle: «Ven, mejor que estés presente».

En el fondo, confiaba en que su presencia tuviera una influencia positiva sobre el tribunal. Tenía mala experiencia con nuestro presidente, que solía escuchar las demandas de los militares con cara de pensar: «¡Vaya por Dios! ¡Otra vez éstos dando la lata! ¡Como si no tuviéramos bastante!». Prevalecía la impresión, que muchos de nosotros compartíamos, de que el Ejército era una casta de gente cerrada, con notorios problemas de jerarquía que deberían resolver entre ellos, sin molestar a la justicia administrativa. Dejo de lado los rumores que circulaban sobre organizaciones cerradas en el seno del Ejército, que no despertaban ninguna simpatía. Por todo ello, confiaba en secreto que la impresión causada por el demandante, por el apuesto capitán, habría de obrar a favor.

Y, mira por dónde, el oficial tenía ahora su mirada clavada en mi persona no sólo con esperanza, sino diría que con optimismo, con una alegría que apenas se esforzaba en disimular. Su rostro relucía, y su figura exhibía la misma pose altiva que si estuviera en un desfile; y yo sentía que, de un momento a otro, era capaz de liberar todos sus sentimientos.

A punto estuve de arrepentirme de haberle instado a venir, pero su mirada, exenta de malicia, se dirigía a mí con una confianza tan plena que no tardé en avergonzarme de tales reticencias. Reparé en que, a su lado, se encontraba sentada una chica que acababa de entrar a la sala: una muchacha joven, con el pelo alisado y unos ojos serios. Lo miraba con atención, como con sensatez. Yo también lo miraba, desde lo alto de mi escaño, como diciéndole: «No temas. Lo conseguiremos».

Eran extraños los sentimientos que había comenzado a despertar en mí aquel muchacho. No teniendo herederos, empezaba a verlo como si se tratara de un sobrino o de un hijo adoptivo. Pero no sólo eso: había también algo más en él que me conmovía y que nada tenía que ver con mis supuestos sentimientos paternales. Era el irresistible—voy a decirlo ya—*encanto* de su figura. Era esa figura, viva imagen de la desentendida juventud, que la infancia había criado con esmero y que la adolescencia había conducido a una perfección difícil ya de superar en el futuro. No sabía cómo podría devenir con el tiempo—ahora que te lo cuento ya lo sé—, pero su persona reunía entonces las más altas virtudes a las que un hombre podía aspirar: juventud y belleza, integridad y bondad unidas. Un escultor antiguo—en especial del clasicismo—apenas podría aportarle algo más.

No voy a cansarte con detalles del juicio. Sentado como estaba, pronuncié la consabida frase, «Se abre la sesión», y comencé a leer: «Por la presente solicitud...». En estas ocasiones, nuestra voz adquiría un tono plano y burocrático. Sin relieve, sin apasionamiento. Todo seguía su curso, como un tren que cruza por paisajes manidos. Referí brevemente su carrera, sus estudios en la Escuela de Cadetes —haciendo hincapié en su estancia de un año y en las circunstancias que la motivaron—, sus distintos puestos de alférez de infantería, teniente y capitán, me detuve en su hoja de servicio y, finalmente, concluí con la resolución del Consejo de Ascensos, que lo había declarado no merecedor.

—El procedimiento no nos concede la posibilidad de indagar en las causas de la resolución del Consejo Militar, ni ésta, por su parte, parece encontrar fundamento en los datos recogidos en el expediente. Por ello, propongo que la resolución sea declarada nula por justificación insuficiente.

El presidente, que me escuchaba moviendo la cabeza como si estuviera espantando una mosca, preguntó por formalidad si había en la sala algún representante de la Autoridad Administrativa. No, ningún representante del Ejército se había dignado a venir. Esto me pareció, por un lado, una circunstancia favorable para el capitán: como si no le hubieran dado suficiente importancia a su resolución; por otro lado, me pareció también algo aberrante: como si nos estuvieran ignorando.

A continuación, el presidente preguntó si alguien tenía algo que añadir, y como todos callamos, las miradas se concentraron en el demandante. Vi que muchos ojos lo miraban con curiosidad, y como él permanecía pendiente de nosotros, con humildad y nobleza, diagnostiqué sin titubeos una impresión favorable en el tribunal. En efecto, había hecho bien en comparecer. Y, acto seguido, el presidente tocó la campanilla y dio por terminada la sesión.

Esa misma mañana encontré al capitán esperándome a la puerta de mi despacho. A su lado estaba aquella muchacha morena que había visto antes en la sala. Me fijé una vez más en sus ojos, muy negros y severos. Iba vestida toda de negro, como por un luto reciente. Me la presentó como su prometida.

—María—dijo simplemente, como si se tratara de algo consabido.

A mi ofrecimiento de que pasaran al despacho y tomaran asiento el capitán respondió con una negación. Dijo que me esperaba sólo para darme las gracias y para preguntarme si sabía cuándo estaría lista la sentencia.

Les expliqué el procedimiento de la deliberación, de la formulación escrita de la instrucción, de la comunicación pública de la sentencia y, finalmente, de su publicación en el Boletín Oficial del Estado. En un par de meses, tres a lo sumo, debería estar ya en nuestras manos.

—No obstante—le dije—hágame una llamada algo antes, cuando haya transcurrido al menos un mes.

La muchacha permanecía parada a su lado, con la mirada baja.

—¡Quedamos en eso!—insistí para animarlos, viéndolos a los dos un tanto desconcertados.

Me estrechó de nuevo la mano.

—Y ahora me voy—respondió él—. Tengo un permiso y me voy al pueblo con María a ver a mis padres y a mis hermanos. Hace mucho que no paso un tiempo con ellos.

Por un momento, sentí envidia de ambos. La mente se me fue hacia fértiles campos rodeados de montes al atardecer, verdor, huertos, hortalizas, y el mar accesible a una corta distancia; imaginé también una casa de piedra con tejas rojas, y todo ello, de algún modo, me trajo un poco de melancolía. Mis vacaciones fueron siempre en la ciudad; todo lo más en una isla cercana, como Poros o Egina. Y nunca tuve una casa paterna en el campo, esperándome. Sólo una habitación de hotel y unos metros cuadrados de playa, que entonces comenzaban a organizarse una detrás de otra.

—Te deseo que lo pases bien y que descanses—le dije, pasando de repente a tratarle de tú—. Y a usted también —añadí, volviéndome hacia la muchacha.

Vi los ojos de él mirándome con un intenso brillo. Como si hubiera algo a punto de estallar, una emoción, una pasión mantenida en secreto ante sí mismo.

—Se lo agradezco—me respondió, y, tras estrecharnos de nuevo la mano, vi cómo se alejaba con su chica, recorriendo con su paso triunfal nuestro pasillo. Ese pasillo que habría de volvérsele tan familiar.

5

Habíamos entrado en el otoño de 1961. Se habían celebrado ya las elecciones y el recuento no había coincidido con los pronósticos. ERE había logrado formar Gobierno, una vez más, y la Unión de Centro se había constituido en oposición.[1] Los rumores y las conversaciones bullían en todos los despachos.

—No cabe duda—comentaba el magistrado D., un hombre enjuto y moreno de llamativas sienes grises—. Era muy difícil sacar ciento sesenta y ocho escaños, y está claro, queridos, que ha habido un apaño. Razón tienen los que hablan de pucherazo.

—Creo que exageras—replicaba el magistrado A., con su venerable cabellera; y, avanzando a lo largo del pasillo, nos íbamos descolgando cada uno a la altura de su despacho.

A este agitado clima vino a sumarse, como un pequeño granito de arena, el caso del capitán. Siguió el procedimiento habitual, con el retraso ocasionado por las elecciones, y llegadas las fiestas, ya después de Navidad y de Año Nuevo, salió la sentencia. Estábamos en contacto telefónico y tuve la alegría de comunicarle la noticia como si fuera un aguinaldo que le tuviera reservado. La sentencia era conforme a mi instrucción y declaraba nula la resolución del Consejo de Ascensos «por justificación insuficiente». Dentro de poco, pues, tendríamos su publicación en el Boletín.

—¿Está usted contento?—le pregunté.

—¿Lo duda, señor vocal?—me respondió, y, tras un bre-

[1] Partido centrista fundado por Giorgos Papandreou en 1961.

ve intercambio de palabras, oí llegar su voz del otro lado de la línea diciéndome—: Todo se lo debo a usted.

Le aseguré que estaba exagerando, y que cualquier juez, en mi lugar, hubiera hecho lo mismo. Al final, me preguntó si podía pasar a verme.

—Estoy hasta arriba de trabajo, querido, y supongo que usted tiene la obligación de estar presente cada día en su servicio. Mejor que lo dejemos para cuando los dos tengamos tiempo.

Volvió a darme las gracias y yo colgué el teléfono, aliviado. Por mucha simpatía que sintiera por él, mi edad y su situación no tenían nada en común. Y, además, tenía a su pareja para desahogarse.

Todo lo dicho, claro está, no le impidió enviarme a casa una cesta con frutos secos, higos y pasas «de las Aromáticas», como ponía la graciosa tarjeta que acompañaba los obsequios. Y, pese a que ponía también dirección y teléfono, me cuidé mucho de aprovecharme de ello. «Mejor olvidarse del asunto—me dije—: pobre de mí si mantuviera relación con todo el que recurre a la Corte. ¡La cosa no tendría fin!». Dejo de lado que la mayoría de nosotros, a finales de 1961, estábamos cargados de trabajo extra. Muchos jueces de la Corte Suprema habíamos sido llamados a formar parte de la Junta Electoral, ante la que Unión de Centro había impugnado los comicios.

—Al final—decía el magistrado A.—, ¿qué es lo que está buscando este tipo?—preguntaba refiriéndose a Papandreou—. ¿Acaso que nos olvidemos de lo de diciembre del 44?—Y se embozaba en su toga como si el recuerdo le produjera escalofríos.

La palabra «pucherazo» era ya un caramelo en boca de todos los periódicos de la oposición, y muchas veces, por los oscuros despachos, andaban de mano en mano las caricaturas de Fokion Dimitriadis y del más joven Kostas Mitropoulos, sembrando la risa con algún que otro respingo. Y nosotros, claro está, nos hallábamos en una posición muy delicada, habiendo de entender en el proceso que, llegado el caso, podría declarar nulas las elecciones. Como vocal, por suerte, había sabido evitar este escollo, sin que con ello quisiera decir que no me interesara por la marcha de las cosas. Máxime cuando, junto con los titulares de los periódicos, nos acompañaba por las calles la voz de los grupos de estudiantes que repetían con insistencia la consigna: «¡Uno-uno-cuatro!».

—¿Pero qué es eso de «Uno-uno-cuatro»?—me preguntó Sofía una noche mientras ponía la mesa—. ¡Lo oigo cada mañana cuando salgo a la compra!

Le expliqué que era el último artículo de la Constitución.

—¿Y qué es lo que dice esa Constitución?—insistió Sofía.

—Que la observancia de la Constitución se sostiene sobre el patriotismo de los griegos.

A lo que la analfabeta pero sabia Sofía respondió:

—¡Si no lo saben ya y esperan a enterarse por la Constitución, estamos buenos!

Así estaban las cosas esos días, para que te hagas una idea; y, en el fragor de las obligaciones y de las intrigas, bien habría podido olvidar al capitán, si no hubiera tenido a la señorita Fone para recordármelo.

Deambulaba cierto día por la Secretaría, como era mi costumbre, recorriendo las hileras de expedientes archivados, cuando, a raíz de una inocente observación mía, nuestro senador se apresuró a decirme:

—¿Y el capitán? ¿Qué ha sido de su caso, señor vocal?

Se había plantado frente a sus pilas de papeles mirándome con atención. Como si me dijera con su silencio: «Muy preocupado le ha tenido ese joven».

—Todo bien—respondí—. Ha ganado el juicio.

Eso dije, queriendo zanjar el asunto.

—¿Y está seguro de que ahora su Consejo lo considerará merecedor del ascenso?

Algo me molestó en el tono de su voz.

—¿Por qué no habría de considerarlo?—le dije.

Entonces sonrió diabólicamente.

—No sé...—respondió moviendo su peluca gris—. Esos consejos militares no terminan nunca.

—No tienen motivo para no tomarse en serio nuestra sentencia. Se trata de un joven extraordinario. Y muy serio—recalqué, de repente ruborizado.

Ya me apresuraba hacia la salida cuando el senador, frunciendo los labios, añadió:

—Y apuesto, no nos olvidemos.

Su voz, en su sarcasmo, acusó entonces un ligero trémulo.

Esa misma noche, cierto caso importante nos reunió a todos en la sala de vistas, alrededor de la enorme mesa de caoba. Íbamos vestidos con túnicas negras y pelucas blancas, como senadores. No recuerdo exactamente de qué estábamos hablando, pero en un momento en que la discusión subió de tono tomé la palabra para reprobar seriamente la argumentación del caso que yo mismo había instruido:

—Por justificación insuficiente—les dije—significa que hay algo *insuficiente* en la sentencia, que deberíamos habernos apoyado en otras bases y haber fundamentado de manera distinta nuestra argumentación.

No había acabado de exponer mi parecer cuando se abrieron con violencia las puertas de la sala e irrumpió en ella un grupo de hombres uniformados. En vano traté de distinguir entre ellos a mi capitán. Todos parecían de más graduación, o al menos lucían más estrellas, que relumbraban de manera odiosa y protocolaria.

—¡Cómo se atreven!—oí gritar a nuestro presidente.

—¡Despierte!

Sentí una mano que me sacudía y me volví.

—¡Son las ocho!—dijo Sofía—. ¡Qué le pasa hoy que está tan remolón!

6

Transcurrieron meses.

Estábamos ya en 1962. Cada mañana me levantaba, cogía un taxi y, por la misma ruta de siempre, llegaba hacia las nueve a la plaza de la Constitución, donde, a las nueve y media, comenzaba el desfile de los casos del día. A veces algunos tenían interés y la sesión cobraba cierto brío, pero en general se trataba de recursos de rutina. A mediodía, me daba una vuelta por la Secretaría y, como era mi costumbre, cruzaba algunas pullas con la señorita Fone. Raramente le dirigía la palabra a algún otro miembro del personal.

A la salida, se disparaban los comentarios con los compañeros. El enfrentamiento entre el Gobierno y la oposición era ya manifiesto; todos hablaban de la Obstinación del Viejo,[1] mientras el Gobierno, como táctica de distracción, había abierto un doble frente contra la Unión de Centro y la EDA.

—Acuérdate de lo que te digo—decía el vocal G., moviendo el índice y frunciendo su boca carnosa—. ¡Nos llevan hacia una nueva Varkiza!—Y luego se quitaba con cuidado su toga.

El vocal D., seco y con una irónica sonrisa, le respondía:

—¿Qué te parecería una pequeña dictadura? Sólo de unos meses o años...

Yo me hacía el tonto y pasaba de largo. Me daba una vuelta por la plaza de la Constitución, compraba unos dul-

[1] «Viejo (de la República)» era el sobrenombre popular de Giorgos Papandreou (1888-1968).

ces en Zavoritis y regresaba a casa en taxi. A mediodía, Sofía me hacía la comida. Por las tardes, si había alguna reunión o algún seminario, me acercaba otra vez a la Corte. Y, de noche, ya sin distracciones—suponiendo que no hubiera alguna recepción, alguna cena o alguna función de teatro—, me dedicaba a la lectura y a la música. Leía a Safo o a Virgilio, y escuchaba en el tocadiscos a Monteverdi o a Beethoven (a poder ser, los cuartetos). Era raro que escuchara a alguno de los más modernos, como Ravel o Stravinski.

Mi mente, entonces, levantaba el vuelo hacia sueños de otro tiempo—amor, juventud, poesía—, algunos cumplidos, otros arrumbados, y la mayoría mero pasto de la imaginación. A veces, bajo el ensalmo de la música, me acordaba de gente que había conocido en los despachos y pasillos a lo largo de mi carrera: figuras inconexas, unos altos, delgados, y otros gordos, cojos incluso, mujeres con graciosos sombreros..., y en todos encontraba algo de interés. Estas imágenes del trato cotidiano con la gente de los pasillos me hacían sentir que mi vida no transcurría entre un frío montón de recursos, sino entre criaturas humanas que les hacían cosquillas a las leyes, provocando en ellas la risa o la mueca.

Me acordaba, por ejemplo, de cierta mujer, funcionaria del ministerio, que había recurrido un día a nosotros (ya he olvidado por qué): una señora de ojos castaño oscuro y unas cejas espesas que conferían cierto aire masculino a su fisonomía. Llevaba siempre el mismo traje gris de falda y chaqueta, y el pelo corto y liso, como Greta Garbo en aquella película de la reina Cristina. Tenía un cuerpo esbelto para su edad—yo le ponía unos cuarenta—y una gran dignidad en todos sus gestos y movimientos, una nobleza natural que me había llamado la atención. ¡Imposible que fuera culpable! Se despertaba en mí una enorme nostalgia. Existen seres, me decía a mí mismo, con los que podría llegar a congeniar, tal vez a convivir en armonía. Pero de joven sólo me fijaba en actrices y cantantes. Me atraían incluso algunas mujeres oportunistas, de melena alborotada y oxigenada. Encontraba algo irresistible en su desaliño y su alegría de vivir. Tal vez por ser yo de carácter cerrado y solitario.

Y así, cambiaba de disco y cambiaba también de recuerdos.

Me acordaba de un padre que había recurrido a nosotros pidiendo que anuláramos la expulsión de la escuela que había sufrido su hijo, un muchacho alto con una cabellera rubia hasta los hombros (un adolescente con pinta de mujer hermosa) sobre la que se había fundamentado la causa de su expulsión. No tenían en cuenta su rendimiento y se fijaban tan sólo en su aspecto. Como había dicho su abogado defensor: «Ese mero hecho vulneraba la libertad del individuo». Traía a mi mente la imagen de los dos: la del padre, canijo y arrugado, con una cara como si la vida le hubiera tratado a latigazos, y la del hijo, con su carita fresca y lozana. Algo poéticamente anárquico parecía ceñirse sobre él. Tal vez fuera eso, más aún que la melena, lo que provocara la cólera del director de su escuela. «¡Imagínate!—pensaba—. ¡Qué cerrilidad!».

Y entonces se me iba la mente hacia el capitán. ¿Qué habría sido aquello que me hizo fijarme en él? ¿Tal vez su juventud y su belleza? ¿O tal vez la injusticia, que hizo que se sumara a mi colección de malquistos anónimos? A decir verdad, a punto estuve de olvidarme también de su nombre. Y entonces me embargó un extraño sentimiento, como el que se tiene cuando alguien al que has tratado por un tiempo desaparece de repente. En el momento en que desaparece no te preocupa tanto como cuando, a la vuelta de unos meses, años incluso, reaparece inesperadamente, como una foto olvidada en el fondo de un cajón.

Apagaba el tocadiscos y me echaba a dormir.

7

¿Sería una casualidad? ¿Una coincidencia? Yo mismo no sé qué decir. El caso es que, tras una de esas noches abandonado a las evocaciones, cuando entré por la mañana en la Secretaría a buscar un papel, el senador, que tomaba su tila rodeada de vapores, me dijo de repente:

—Adivine, señor vocal, quién ha pasado por aquí hace un momento.

Yo respondí con la ignorancia propia de aquellos a los que la vida les sorprende con algo que no esperan.

La señorita Fone dejó ver su sonrisa sardónica. Los otros escribanos, a su alrededor, seguían ocultos detrás de sus cuadernos con un aire luctuoso y contrito.

—Como era de esperar—apuntó el senador, echando una rápida mirada a su alrededor—, el señor capitán ha iniciado un nuevo recurso. —Y me lo mostró triunfalmente sacándolo de la carpeta y moviéndolo en el aire.

Algo hubo de encogerse en mi alma, alguna repentina muestra de indignación ante alguien que no podía precisar. Pude ver la mirada del senador brillar de satisfacción. Era, en cierto modo, como si me estuviera diciendo: «¡Ya se lo decía yo! Sus veredictos no sirven de nada. Ese hombre es un perseguido. Ninguna sentencia absolutoria habrá de salvarle».

Comprobé con asombro que esa mujer de la peluca era una profetisa de males. Traté de parecer sereno. Cogí el recurso y empecé a examinarlo. Estaba claro: la Administración militar había aprovechado la ocasión que le brindaba la sentencia—«por justificación insuficiente»—para declararlo nuevamente indigno de un ascenso. En este caso, pues, se habían cuidado de complementar la justificación: «Extremadamente díscolo, con clara tendencia a la indisciplina. Juega a las cartas y lee libros impropios de su condición de oficial». Seguían asimismo otras acusaciones que no tuve tiempo de leer entonces.

—¡Los muy bribones!—dije para mí—. ¡Se las han arreglado para empapelarle de nuevo!

Tratando de mantener la sangre fría, me volví hacia la señorita Fone.

—No es nada nuevo—le dije—. Es algo que suele hacerse en estos casos.

La señorita Fone me miraba desde su escritorio con un misterioso aire de triunfo.

Empezaba a molestarme la escena. Me parecía que, por su actitud, me consideraba responsable no sólo como instructor del caso, sino como instigador y maquinador de una conjura.

—Dígame, ¿hay acaso algo más? ¿No lo tendrá escondido en algún sitio?—le dije, tratando de sonar a broma.

—En efecto, señor vocal. Le está esperando en su despacho.

Esta vez, además de mi sorpresa, dejé escapar también un atisbo de alegría, si bien este encuentro no tuvo lugar en las circunstancias más idóneas. «Pero al menos tendré la ocasión de verlo y saludarlo de nuevo», fue el pensamiento que prevaleció sobre mis otras dudas.

Me demoré haciendo que arreglaba unos papeles y, a los cinco minutos, puse rumbo al despacho a toda vela.

Me crucé en el pasillo con el vocal G. Le brillaban los ojos detrás de sus gafillas de miope, y no se pudo contener:

—¿Te has enterado ya de las noticias?

Le dije que no. No había oído nada.

—Anoche, en la recepción en el Palacio, los diputados de Centro, encabezados por Papandreou, brillaron por su ausencia...

—¡No me digas!—exclamé con la mirada fija en el fondo del pasillo.

—En pocas palabras—prosiguió con una sonrisa alargada—, no apareció más que uno.

—¿De verdad?—dije, fingiendo sorpresa.

No veía al capitán por ningún sitio. ¿Se había marchado?

—¡Venizelos!—añadió—. ¡Ya ves, no pudo resistirse y fue! ¡Kliklís![1]—Y, con una sonrisilla, fue corriendo a contárselo a los otros.

Tratando de refrenar el paso, seguí avanzando hacia el fondo del pasillo. Justo antes de doblar la última esquina, antes de encarar la puerta de mi despacho, me pasó por la cabeza un pensamiento: «¿Será posible que esta contrariedad esté afectando a mi carácter? ¿Qué pasaría si, en lugar del joven y brioso oficial que tengo en mente, me topara ahora con un despojo humano?».

Por un momento, pensé en cambiar de rumbo con cualquier excusa y no pasar por mi despacho. Pero me sobrepuse de nuevo.

«Pase lo que pase—me dije—, debes afrontarlo. Ese hombre te necesita más que nunca. A fin de cuentas, eres responsable de él. Fuiste tú quien le alentó y le infundió optimismo. Bien pensado—proseguí para animarme—, el hecho de que haya tenido el valor de recurrir por segunda vez indica que es la misma persona a la que no lograron arredrar las circunstancias».

Y no me había dado tiempo a doblar la esquina cuando

[1] El mote de Kliklís hace referencia a Sofoklís (Sófocles) Venizelos, segundo hijo del estadista Eleftherios Venizelos.

el capitán me recibió apostado a la puerta de mi despacho. Estaba como siempre, erguido e impecable. Como un joven ciprés que brota sin saberlo en un cementerio.

—¿Por qué no pasa usted?—dije tras estrecharnos las manos.

—Al menos aquí, en su sede—me dijo, sonriendo—, trataré de no ser indisciplinado.

Había en su observación una amarga ironía, y al dejarle pasar, mostrándole el butacón de piel, comprobé que con su connatural optimismo entraba también cierto ademán sombrío.

—Lo lamento mucho—le dije—. Acabo de echarle una ojeada a su recurso.

Me miró muy serio. Sus ojos reflejaban la luz de la ventana. Eran ojos de una transparencia cristalina.

—No puedo pronunciarme con fundamento—continué diciendo—. Aún no he examinado su expediente.

Me detuve un momento. No sabía cómo comportarme con él. Y él permanecía callado.

—¿Juega usted a las cartas?—pregunté de repente.

Me miró como un niño al que le han castigado por algo muy nimio. Con una mirada inocente. Su figura seguía siendo joven e impasible. Sus cejas perfilaban el arco de una espada que trazaba una raya en su frente. Sólo que, a veces, la raya quedaba interrumpida como si la hermosa espada se hubiera combado. Su pelo—observé—formaba un flequillo sobre su frente. Ya no estaba la raya segura y firme de la juventud, sino una senda que se internaba por una intrincada selva.

Me había olvidado por completo de la pregunta que le había hecho.

—Hace usted muy bien—le contesté en respuesta a otra pregunta que se supone que él me había formulado con los ojos—. Si considera que no tiene parte en las acusaciones que se le hacen, no queda otro camino que éste: seguir insistiendo por la vía del recurso.

Una declarada alegría volvía ahora a su rostro, que le hizo parecer, de repente, algo mayor de edad, maduro ya. Estaba claro que mis palabras le habían animado mucho.

No era la primera vez que veía a una persona recurrir nuevamente ante la Corte, tratando de anular una sentencia que lo declaraba incapaz, inapropiado, no merecedor de un ascenso o cualquier otra cosa. Había casos en los que el recurrente había vuelto por tercera o cuarta vez, y no eran extraños en los anales de la Corte. Con todo, no resultaba fácil para un particular reunir el coraje para insistir; era más sencillo para una persona jurídica o un colegio profesional ofrecer resistencia, cubiertos tras un sello impersonal que eternizaba el caso y hacía que durase muchos años.

Pensábamos los dos, cara a cara. Él, con gran convicción; yo, de repente, invadido por las dudas.

—Mire por dónde estaba escrito que habríamos de vernos de nuevo, querido—le dije diplomáticamente al final de nuestra breve conversación, en la que, más que hablando, habíamos estado callados, mirándonos y sondeándonos el uno al otro.

—¿Cabría la posibilidad de que usted asumiera nuevamente mi caso?—me preguntó con comedimiento, aunque también con cierta vehemencia encubierta.

Y aunque sus ojos brillaban con inocencia, ya había dado un paso adelante y se hallaba parado muy cerca de mí: podía sentir casi su respiración. Recordé entonces la forma en que me cogió del brazo la primera vez, en la puerta de la Secretaría, obligándome con ello a entrar y a buscar yo mismo su solicitud. Ahora me miraba de idéntica manera.

—Supongo que sí—le respondí sin mirarlo a la cara y, sin querer, me eché un poco hacia atrás—. Llámeme dentro de quince días. Entretanto—le dije—, no hay razón para preocuparse. —Y le abrí la puerta del despacho.

—Muchas gracias—me dijo.

Me quedé viendo cómo se alejaba por el pasillo con paso resonante, un paso militar, el de un soldado que sigue desfilando solo cuando sus compañeros ya no están.

En el último momento recordé que había olvidado preguntarle por su prometida. Yo era muy cumplido con estas cosas y no me lo perdonaba.

Ese mediodía, al salir a la avenida de la Reina Sofía, me vi envuelto en una manifestación. La plaza de la Constitución rebosaba de gente, joven la mayoría, que avanzaba hacia la calle de la Catedral gritando y agitando pancartas.

—¿Qué pasa?—le pregunté a Mitsos, el del puesto de flores, donde solía comprar algunas para casa.

—¿No lo ve?—dijo—. Están protestando por la educación. Ha salido el ministro a hablarles al balcón.

—¡Qué raro!—dije yo—. Los ministros no salen al balcón más que para pedir el voto.

—Quién sabe—respondió—, puede que vaya a haber elecciones... ¿Qué le pongo, señor presidente? ¿Crisantemos o claveles? ¡Tengo unos claveles maravillosos!—Y me enseñó unos rojos como el fuego.

—Prefiero otro color—le dije.

Me miró fijamente a los ojos, mientras a nuestro lado resonaban las voces. Era tal el ruido que había que gritar para entenderse.

—¿Qué es lo que están diciendo?—le pregunté.

—¿No lo oye? ¡La dote para la educación![1]—me gritó al oído.

[1] La consigna hace referencia a la dote del Estado heleno a la princesa Sofía de Grecia por sus esponsales con Juan Carlos de Borbón.

Pensé de inmediato en las viñetas que entonces inundaban las páginas del diario *Libertad*, muy graciosas y llenas de faltas de ortografía, e imaginé la Educación con ese aspecto esquelético con el que la pintaban, descalza y desheredada, con el pelo revuelto. Cogí las flores y me fui.

«Estas cosas son para la gente muy joven—pensé—. Digamos, para el capitán (si en lugar de capitán fuera un simple estudiante de alguna facultad). Ahora estaría aquí, gritando y cantando con todos los demás. Y esa canción, "Me odiaste un día de mayo", se escucha cada vez más fuerte. Es bonita, no digo que no, pero yo sigo prefiriendo mi música…».

Y, con estos pensamientos, súbitamente melancólico, me fui deslizando entre la multitud y alejando de allí discretamente.

8

Por las noches, cogía el expediente del capitán y, envuelto en mi bata de casa, trataba de desentrañar su misterio. El presidente me había encomendado el caso de nuevo, cosa nada extraña—todo lo contrario—en la práctica y la costumbre de nuestro tribunal.

Ya estaba bien entrado el invierno de 1963, un invierno frío y con nieves como hacía años que no veíamos en Atenas. En esa época, se estaban construyendo más casas que nunca. Aún no se había terminado un edificio de vecinos y el siguiente ya había levantado su estructura. La mitad de la ciudad se estaba construyendo por el procedimiento de contraprestación,[1] y la mitad de la ciudad se estaba deshaciendo también de trastos viejos—consolas, sillas vienesas y trincheros—para sustituirlos por muebles de formica y de plástico. Entretanto, la Unión de Centro reclamaba elecciones, y todos en la Corte comentaban de maneras distintas el asunto. ¿Cómo acabaría la cosa? Algunos conocidos a los que había atendido me llamaban a casa por teléfono con la excusa de agradecérmelo y de interesarse por mi salud, y siempre reservaban para el final la siguiente pregunta:

—Usted, señor vocal, ¿cómo ve las cosas? ¿Tendremos elecciones? ¿Cuándo?

[1] La *contraprestación* (en griego, *αντιπαροχή*) es un tipo de acuerdo, en boga en esa época, por el cual el propietario de un solar cede éste al constructor a cambio de una o más viviendas de la edificación que en él se erige.

Como si no fuera jurista en la segunda planta, sino diputado en la primera.

En aquella época, aún acostumbrábamos a reunirnos por las noches unos cuantos amigos y conocidos, en casa de unos o de otros, sin el telón de fondo de los equipos estereofónicos o los televisores que habrían de irrumpir al final de la década. Eran gente de letras y de ciencias, pintores marginales y poetas engreídos, amantes de las artes y una legión de fieles que arrastraban detrás. Entre ellos, se encontraba el célebre abogado K., profesor en la Universidad de Atenas, hombre de formación no sólo jurídica, con el que se podía hablar también de Palamás o de Kavafis.

Una tarde en que éramos los últimos en irnos, dejando los poetas a un lado, le expuse el caso del capitán y dejé que me diera su opinión.

—Tu caso no es tan particular—me dijo con la típica ironía que lo caracterizaba en sus intervenciones públicas—. Se trata de una escena recurrente en los cuarteles. A poco que conozcas el ambiente de la Escuela de Cadetes en la que se hacen hombres los oficiales, te topas con casos similares. Y si me dices que éste del que estamos hablando es de una familia del Partido de los Liberales, ¡me pregunto incluso cómo consiguió aprobar los exámenes de acceso a la Escuela!

Insistí en que su calificación como «de izquierdas» no había influido en su expediente tanto como ciertas manifestaciones inusuales en un cuartel o despacho militar. Ésas eran las determinantes.

—Es un cándido y no sabe medirse—le dije—. Es uno de esos hombres que difícilmente hacen carrera.

Se quedó callado por un momento, mirándome mientras se mesaba su grueso mostacho, en tanto que yo me atormentaba por haber dejado expuesto al capitán.

—Y entonces, ¿por qué lo dejas seguir adelante?—me preguntó cínicamente.

—Sería un crimen impedírselo—le respondí—. Imagínate que a un joven de unos treinta años le dices que no es apto para la carrera que ha decidido seguir.

—Ciertamente—concedió—, pero un hombre, a esa edad, aún tiene margen de escoger otra cosa a la que dedicarse. Más tarde ya…

Cuanto más avanzaba la conversación, más me iban torturando los remordimientos.

—No obstante—le dije—, yo, como juez, estoy obligado a respetar su recurso y a defender su contenido. Imagínate lo que ocurriría si lo abandonara a su suerte, como han hecho sus superiores.

—Pero ellos lo ven—replicó—, ¡y tú parece que lo ignoras! ¿No te hizo sospechar el hecho de que sea capitán de infantería como dices?

—No, ¿por qué? ¿Acaso es el único?

—Pero ¿no sabes que, al salir de la Escuela, los primeros puestos son para los de artillería y todos los demás van detrás? Los últimos, precisamente, son los de infantería, los «pies sucios», como los llaman en el Ejército.

—Pues no, no lo sabía—me disculpé—. No estoy obligado a saber todo lo que ocurre en los cuarteles. Yo sólo tengo en mi poder la hoja de servicio de un oficial, muy limpia, que algún carcamal se empeña en ensuciar.

—Entonces, harías bien en tratar de informarte sobre ese carcamal, como tú dices. —Y, atusándose de nuevo el bigote, se levantó con intención de irse.

—Eso haré—le dije, y al despedirle pensé que lo primero que haría al día siguiente sería telefonear al capitán para solicitarle información complementaria.

No porque ello fuera a cambiar en nada mi actitud, sino

porque esta vez habría de tener más cuidado a la hora de preparar mi instrucción. Además, así tendría la ocasión de volver a verlo y de comentar sus ideas. Me indignaba ver que no se promocionaba. Llegado el caso, si fuera necesario, intentaría persuadirle.

Con todo, cuando volví a tener su figura ante mí, alta, erguida, con su mirada deslumbrante y sus nítidas cejas, sentí que su optimismo se vertía en mis venas, y pensé: «Imposible. Sería absurdo tratar de hacerle cambiar de opinión».

Mi nuevo encuentro con el capitán tuvo lugar en esta casa, en la misma habitación donde estamos ahora.

9

Tal vez te preguntes qué fue lo que me llevó a encontrarme con él fuera de la Corte Suprema. Supongo que mi intención de librarlo del respeto que imponen los despachos, así como un íntimo deseo de estudiarlo de cerca.

Acudió puntual a su cita. A las cinco de la tarde, sonó el timbre de casa y Sofía anunció su llegada.

—Un señor pregunta por usted—me dijo—. Un oficial—añadió, sopesando sus palabras.

Tendrías que haber conocido a Sofía. Su manera de anunciar a mis visitas tenía el tono íntimo, y severo a la vez, que adoptan quienes conviven mucho tiempo con uno y quieren protegerle de lo desagradable o de lo, simplemente, molesto. Nada que ver con el tono del senador: sin segundas y sin ironía.

—Que pase—le dije.

Hice que el capitán se sentara en la butaca de cuero, donde estás sentado tú ahora, que tengo reservada a las visitas. Al menos, a las que quiero que se sientan cómodas. Para las otras, tengo una silla de estilo Regencia, especialmente incómoda, con un respaldo como una guillotina. ¡Mira, ésa de ahí!

Le pregunté si quería té o café y lo dejé unos minutos solo en esta sala, con los diplomas y los cuadros, que entonces eran menos de los que son ahora—no estaba, por supuesto, ese dibujito enmarcado que estás mirando—, pero que, así todo, ya daban un aire de formalidad.

Al volver, lo encontré de pie delante de una fotografía. Era la imagen de una mujer joven, al borde de la estantería.

—¿La conoce usted? ¿No? ¡Qué pena! Es una gran actriz, íntima amiga mía. —Le dije su nombre—. ¿No va usted al teatro?

Me respondió que no. Sólo una vez, de estudiante en la Escuela, le habían dado entradas gratis para asistir a un espectáculo.

—Se trataba de una obra—me dijo—que lo único que pretendía era echarnos un sermón. Para eso hubiera ido a la iglesia.

Después, añadió que su servicio en el norte de Grecia le había privado de toda ocasión de asistir a un espectáculo «que valiera la pena», en sus propias palabras.

—Sólo íbamos al cine; y eso, de vez en cuando. Comedias griegas y dramones que no tenían nada que ver con la realidad.

—¿Dónde estuvo destinado?—le pregunté, aunque ya había examinado su expediente.

Quería que fuera él quien lo contara.

—Sobre todo, en la frontera albanesa—dijo, citando el nombre de varias villas y pueblos de la zona—. La única ciudad donde he servido es en Veria,[1] de la que guardo los mejores recuerdos.

Yo había estado en Veria, pero le pedí que me hablase de ella.

—Como suele pasar en las provincias, no es un sitio grande, pero, cuando uno viene de las garitas de la frontera, le parece que es el paraíso. Con todo, lo que más me gusta de ella es el campo: cuando uno mira desde el sitio que llaman Eliá, ve el campo extenderse hasta donde se pierde la vista, como si estuviera viendo el mar.

[1] Veria (Βέροια), pequeña ciudad de la región de Macedonia, citada en español también como Berea.

Sus ojos, al contármelo, tenían la nostalgia del que ha vivido sus primeros años cerca del mar y ahora las circunstancias lo han apartado de él. Lo imaginé de adolescente en una barca, desde la que se disponía a zambullirse. De algún modo, así es como la gente, al principio, coge impulso y se tira de cabeza a la vida. Basta con que no haya rocas; sobre todo, escollos sumergidos taimadamente bajo la superficie, con los que, si te estrellas, es difícil salvarse.

—Supongo que lo ha pasado mal en las montañas—me limité a decirle.

—Bah, se acaba acostumbrando uno—respondió con su aire indolente—. Igual que cuando entras en la Escuela.

Sin quererlo, pensé en las consabidas novatadas. Había oído contar cosas terribles y le pregunté directamente.

—No es tanto por eso—me dijo, ensombrecido por un instante—. Tuve más problemas con el uniforme. Me resultaba difícil llevarlo por la calle. Me parecía que la gente me miraba más por la gorra y por el espadín que por lo que yo era realmente. Fue difícil las primeras veces.

—Es curioso—le dije—, tengo entendido que los cadetes lucen el uniforme con especial orgullo. Debe de ser algo que la propia Escuela inspira a sus alumnos.

—No sé—dijo dudando, como si no quisiera quejarse del molde en el que él mismo se había metido—. De todas formas, es algo que empiezas a sentir cuando eres alumno y que va en aumento a medida que te promocionas. Un militar, cuando no va de uniforme, se distingue a la legua. Es como si estuviera desnudo.

—¿Lo mismo siente usted?—le pregunté, porque nunca lo había visto de paisano. Entretanto, le serví el café que acababa de traer Sofía.

Me miró con recelo al principio, pero luego dejó escapar una sonrisa irresistible, como si fuera un chico de veinte años.

—A mí me gusta mucho salir de paisano. Sobre todo, cuando voy con mujeres. Con las mujeres me gusta ser como era antes de entrar en el Ejército. No me gusta mezclar una cosa con otra.

—Y hace usted muy bien. Me estaba contando, no obstante—dije para hacerlo regresar al tema—, cosas de la frontera en la que estuvo de servicio...

—Sí, señor—dijo, cambiando de inmediato de tono y regresando a la formalidad—. Aparte de en Veria, serví también en la frontera como alférez, y después como jefe de escuadrón, siendo ya teniente. Guardias, imaginarias, batallones, escuadrones, despensa, rancho, rondas...—Y así fue refiriéndose a numerosos cometidos.

—¿Tenían allí mucho trabajo? ¿Cómo llevaban el aislamiento?

—Había tiempo libre y vida normal. Muchos oficiales se iban de caza, otros jugaban al fútbol o al *tavli*,[1] y raramente leían periódicos o algún que otro libro.

—¿Qué libros leían?—le pregunté con interés.

—Libros como *Chacales Rojos*. Los libros que nos daba el mando.

—¿Ésos eran los chacales que cazaban?—le pregunté.
Me miró sorprendido.

—Bueno, bueno—le dije, como para calmarle—. ¿Usted sólo leía esa clase de libros? ¿O tal vez algunos «impropios de la condición de oficial»?

—Si coincidía que estaba de permiso en Tesalónica—comenzó a relatarme—, compraba los libros que a mí me gustaban. Sólo que me ocupaba de forrarlos con tapas de otros

[1] El *tavli* (τάβλι) es un juego de mesa de origen antiguo, muy extendido en Grecia y conocido, en otras latitudes y versiones, como *tablas reales*, *chaquete* o *backgammon*.

libros. Era algo que solían hacer en la unidad aquellos que leían; y que todos sabían, pero que nadie se molestaba en controlar. Así, pude leer *Sin novedad en el frente*, bajo el título de *La interpretación de los sueños*, y *Nana*, de Zola, con la portada de *La Segunda Guerra Mundial* de Churchill. Una vez que habíamos acampado en un paraje de montaña cerca de Edessa, encontré, metido en una caja de granadas vacía, un libro con el título de *Jardinería.* Lo cogí, curioso por leerlo todo, y descubrí con sorpresa que se trataba de la biografía de Nijinski, ya sabe, el bailarín ruso...

—¡Claro que lo conozco!—le dije, sorprendido a mi vez—. ¿Y qué le interesaba de un libro como ése?—le pregunté, curioso por oír su respuesta.

—¡Ah, para mí tenía mucho interés!—dijo—. Aprendí cosas sobre un arte, como es el ballet, que desconocía por completo; además, desfiló ante mí toda una época. También—dudó un poco en decirme—me interesó mucho descubrir cómo ese hombre llegó a caer en la locura. ¡Qué cosa más inhumana!—dijo, elevando el tono de su voz.

—Así es—le aseguré, asintiendo también con la cabeza—. Por desgracia, parece que no era un psicópata.

—Y, también por desgracia, yo no pude acabar de leerlo—continuó diciendo en voz más baja—. Un día que estaba de servicio y que tenía el libro sobre las rodillas, entró un comandante de la unidad. Al levantarme a saludarle, se me cayó. Él se agachó a recogerlo. «¿Jardinería?», me preguntó. «Me interesa. Déjame ver cómo se acaba con la cizaña». Yo se lo entregué. «¿Qué significa esto?», me preguntó después de un rato. «¿Qué es todo esto que pone aquí dentro? ¿Y quién es este tipo, Nijinski? ¿Un ruso?». «Sí, señor. Un ruso», le contesté. «Entonces, seguro que era comunista. ¿No te da vergüenza? ¿Éstas son lecturas dignas de un oficial del Ejército griego?», y me echó un buen sermón. Intenté convencerlo de que Nijinski no tenía que ver con la política, de que era bailarín, y muy famoso. «¿Bailarín?», dijo. «¡Peor aún! ¡Además, maricón!».

El capitán se ruborizó al decirlo. Le indiqué que siguiera contándome.

—«¡Que no te vuelva a ver con libros de éstos en la mano!»—me advirtió.

Y como se quedó callado, tal vez algo molesto por mi intromisión, dije para calmar los ánimos:

—Eso me recuerda a cuando yo estuve de servicio en el 20.º Regimiento de Artillería de Calcis. También allí estaban prohibidos los impresos y periódicos. Sobre todo, los que apoyaban a Venizelos. Había, sin embargo, muchos que leían a escondidas; incluso yo, que me había criado en un entorno contrario a Venizelos, tenía tendencia a leer ese tipo de prensa.

—¿De verdad?—dijo con el semblante iluminado—. ¿En qué años estuvo en el servicio, señor vocal?

—Del 35 al 36, con Metaxás. La disciplina era muy dura, y aún más duro el clima general. Había sospechas entre los propios compañeros; raramente podías hablar con franqueza. Yo, claro está, leía libros jurídicos, por lo que nadie me decía nada. Sólo una vez, recuerdo, me pillaron con un libro de poesía en la mano (creo que era de Sikelianos) y me llamaron al orden del inmediato.

—¡Me lo imagino!—me dijo, como si de repente hubiera sido él mismo sorprendido con un libro de Sikelianos o de Kavafis—. ¿Y qué le dijeron de los poetas? ¿Le sancionaron?

—¡No, a mí nunca!—me apresuré a aclararle, pues noté cierta angustia en su voz—. Por suerte, no se enteraban de mucho; porque, claro, entre las muchas reformas que había acometido Metaxás, estaba también ésa: la de colocar en los puestos a oficiales incultos pero fieles al régimen.

—Más o menos, así estaban las cosas en mis tiempos—me dijo de repente, animado a seguir—. Cuantos se licenciaban de la Escuela en los años de la guerra de bandas eran gente muy poco instruida. Pasaban más tiempo en los bancos del frente que en los de las aulas. Hasta el punto que hoy éste es su único mérito. Hay incluso una categoría de suboficiales (carcamales, solemos llamarlos) que, sin haber pasado por las aulas, ocuparon a finales del 48 y en el 49 puestos claves. Muchos de ellos, hoy, tienen graduación superior. Para que se haga una idea, en el 49, de forma excepcional, salieron de la Escuela dos promociones, la 1949 A y la 1949 B. Como comprenderá, con esa gente era imposible entenderse. Nos consideraban formados, y esto, en el Ejército, es hoy un demérito.

Este hombre, pensaba yo, pese a sus modales juveniles, tiene una madurez sorprendente. Me arrepentía de las cargas de ironía que había soltado anteriormente. Me interesaba mucho descubrir con qué había topado, qué era lo que le hacía aparecer tan indisciplinado a los ojos de sus superiores. Porque no podía creer que un libro de jardinería, aunque fuera con cizaña, hubiera bastado para fundamentar la acusación que pesaba sobre él.

—¿Acaso tiene usted a alguno de esos carcamales tratando de empañar su hoja de servicio?—le pregunté.

—No—respondió sin mirarme—. Al contrario: tengo a un comandante que me apoya. Él fue quien consiguió mi traslado al KEVOP,[1] donde hoy presto servicio. Coincidimos varias veces en puestos de guardia y en posiciones avanzadas. No es un tipo formado, claro está; un poco peculiar, incluso; pero aun así...

[1] KEVOP (en griego, KEBOΠ) es el Centro de Instrucción de Armamento Pesado de Infantería (Κέντρο Εκπαίδευσης Βαρέων Όπλων Πεζικού).

—¿Cómo se llama?—pregunté, interrumpiéndole.

—Kakoulakos. Comandante Stamatios Kakoulakos—respondió, como dándome un parte.

—De la zona de Mani, sin duda.

—Es de cerca de Gitio. Yo estaba a sus órdenes, y cuando lo ascendieron a comandante y lo trasladaron a Atenas, consiguió traerme con él.

—En ese caso, tal vez a él se deba todo lo bueno que se recoge en su expediente—le dije.

—Tal vez—concedió.

—Muy bien. Pero entonces, ¿quién puso empeño en averiguar los libros que usted había leído y quién le acusó de jugar a las cartas? La persona que firma, ¿quién es?

—El teniente coronel Psaropoulos. Un oficial intachable—dijo.

—¿Queda excluido que sea cosa de él?

—Totalmente.

—Pues alguien ha de ser. No puede tratarse de un fantasma. Y, si así fuera, ¡habría de llevar uniforme!

Su mirada se había tornado de pronto un tanto indiferente. Ante las cosas que no le atañían de manera directa, tenía una tendencia a la abstracción, a algo más que a distraerse.

—Piensa un poco—le dije—. No es posible que te cuelguen ese sambenito por nada.

Le hablaba como a un alumno.

—Tuvo que haber una razón, tal vez la envidia. Intenta ayudarme.

Sin querer, me salía tratarle de tú. En su mirada vi que lo aceptaba de buen grado; incluso se había acomodado mejor en la butaca.

—No se me ocurre nadie, señor vocal. —Y, con la mirada perdida, recorría vagamente las paredes de la habitación, con sus fotografías y diplomas.

—Ese Kakoulakos—le pregunté—, ¿en qué año terminó la Escuela?

—Sería en el 45 o 46.

—¿Estuvo en la guerra?

—Sin duda, estuvo en la frontera. Habla a menudo de aquellos tiempos.

—¿Y qué dice?

Me miró sorprendido.

—Nunca dice lo que piensa—respondió.

Permanecí callado, dejándole seguir a su ritmo.

—Es un tipo raro, para ser sinceros. Está tan tranquilo y de pronto la toma con algo sin importancia, con cualquier deficiencia o nimiedad. Y empieza entonces a castigar a sus inferiores «por no realizar el saludo reglamentario» o «por llevar un botón desabrochado»—y al decir esto se echó a reír.

Yo también me reí.

—Puede que entonces—le dije—no sea sólo neurótico, sino cruel, en el fondo.

—Tiene manía con cosas a las que da demasiada importancia.

—Tal vez se sienta inferior. Acabas de decirme que carece de formación. ¿Cómo se comporta contigo, que está claro que le superas?

—No me ha hecho nunca la menor alusión a ello. Cuando me doy cuenta de que le molesta algo que desconoce, procuro no hablar de ello.

Se guardaba de decir algo más. Traté de ayudarle a que lo soltara.

—¿Fue él el del libro de Nijinski?—le pregunté.

—Sí, fue él—respondió.

Había bajado la mirada.

—¿Volvió a sacarte alguna vez el tema?

—Sí. Una vez que tuvimos un caso de homosexualidad en la compañía, me dijo: «¿Ves ahora lo que hacen tus Nijinskis?».

—¿Y tú qué le dijiste?

—No supe qué responder. En el Ejército, no sé si lo sabe, irte con un homosexual y humillarlo después se considera un título de gloria.

Entonces, confieso que fui yo el que se sintió incómodo.

—En fin, nos hemos alejado del asunto—le dije—. Pese a todo, ¿no será que, en el fondo, te envidia? Por lo que sea: por tu formación, por ser como eres...

—Si me envidia, ¿por qué insistió en traerme con él a Atenas?

—No lo sé. Por eso te pregunto.

—A decir verdad, sé de algunos a los que, si no los envidia, está claro que los tiene atravesados. También esto es algo habitual en el Ejército. Algunos temen que otros puedan ponerles la zancadilla, y van a por ellos.

Sin que se diera cuenta, su voz había ido cobrando cierta crudeza.

—¿De qué manera?

—De cualquier manera. Normalmente, esas cosas quedan en secreto y no llegan a oídos de todos. Hay una casta de oficiales que vela por la jerarquía.

—¿Tiene esto algo que ver con la organización IDEA de la que hemos hablado?

Me miró de reojo y siguió hablando, como si no le hubiera preguntado.

—Existe el caso de la conformidad en el escalafón: el «atasco», como suele llamarse. Cuando en la cúpula queda atascado algún teniente general o algún mayor y sus inferiores no pueden ascender hasta que deje vacante la plaza.

Esto pasa en todos los grados de la jerarquía. Sucede hoy día—siguió diciendo, como resuelto a desvelarme todos los secretos de los cuarteles—en el llamado A2, que hace de policía secreta, y pasa en la KYP, el Servicio de Inteligencia, que los controla a todos.

—¿Es posible que Kakoulakos pertenezca a ella?

—No—respondió—. Aunque, en realidad, todo es posible. Hasta yo mismo, que estoy hablando ahora, podría pertenecer a ella.

—Tú, imposible—le dije, sonriendo—. Y, para demostrártelo, he solicitado tu expediente a tu unidad. Lo tengo aquí, ahora mismo.

De repente, se me quedó mirando, pálido.

—No es que no estés en situación de aportar datos—me anticipé a decirle—, como ya estás haciendo, pero teniendo la Corte Suprema esta facultad he considerado que podría resultar de ayuda, que de este modo podría ayudarte también a ti. Espero que me comprendas.

—¿Puedo fumar?—me preguntó.

Le dije que sí con una seña. Después me incliné sobre el archivo, colocándome las gafas.

—Aquí dice textualmente: «Se retiró del despacho de un superior golpeando repetidamente y de forma estrepitosamente repetida y con ruido la puerta». —Y, sin querer, me eché a reír con la formulación de la frase.

Él fumaba con torpeza, como si el humo le estuviera ahogando o como si el tabaco fuera el sustituto de algo que echara vivamente en falta.

—¿Era la puerta del despacho del comandante?—le pregunté—. ¿La de Kakoulakos?

—Así es—me dijo muy firme, mirándome a los ojos como si me estuviera dando un informe.

—No quiero resultar indiscreto, pero ¿en qué situación

tuvo lugar esto? Supongo que no fue en una situación normal...

—Me había ofendido en algo.

Nos mirábamos a través del humo del cigarro.

—Son cosas, no obstante, que suelen ocurrir en el Ejército—me dijo, recuperando la indolencia.

—¿Qué cosas son las que suelen ocurrir?—le pregunté.

Tragó saliva.

—Bueno, estábamos hablando de mujeres.

Volvió a ruborizarse ligeramente.

—¡Claro!—exclamé—. En todas partes los hombres hablan de mujeres. ¡Incluso en la Corte Suprema!

Rio por un momento, aliviado. Luego volvió a ponerse serio.

—Era una vieja costumbre—me dijo—, de cuando pasábamos semanas y meses aislados en los puestos de guardia sin ver ni siquiera a una hembra de gato. Yo solía contar aventuras de cuando era civil, y él, casi siempre, las ponía en duda: «¡De dónde sacabas tú, un pastor de dieciocho años, tantas mujeres como dices!». En aquellos momentos, dejábamos de ser un superior y un subordinado. Éramos dos hombres hablando de mujeres. Él insistía en que exageraba las cosas y me las negaba rotundamente.

—¿Y eran verdad?—le pregunté.

Había bajado la frente, que brillaba con hermosa blancura.

—De pequeño, era bastante inquieto—dijo—. A veces más de lo debido. Pero no es que lo anduviera buscando...

Dudó un poco en abrirse. Yo le insté a continuar.

—Eran ellas las que se me acercaban. No había vez que entrase en un bar o en un local nocturno que no se me arrimaran con propuestas. Y aunque yo les daba a entender que no tenía dinero, ellas me daban facilidades.

Lo observaba en silencio. No me cabía duda de que lo que decía era cierto. Es más, puede que estuviera quedándose corto.

—¿Y a Kakoulakos? ¿No se le daban bien las mujeres?

—No—dijo con espontaneidad—. Porque resulta que es...—volvió a titubear—feo y, hasta donde yo sé, no sabe de mujeres.

—¿Ah, sí?

—Bueno, no vaya usted a pensar otra cosa—se apresuró a decirme con viveza—. Al contrario, es bastante mujeriego. Sólo que no tiene modales, no sabe cómo hablarles. Es un poco torpe: lo que se dice... «aldeano».

—¡Bonita imagen!—dije.

Iba a replicar, pero lo corté.

—Así que—añadí sonriendo—, a juzgar por tus éxitos, su envidia parece justificada.

No dijo nada. Puso la mirada en la taza de café, que sólo pudo devolverle un vago reflejo de sí mismo.

—Éstos fueron los únicos desencuentros—me dijo—. De hombre a hombre. Entonces, en las oficinas del mando, había sucedido algo parecido.

—Pero, si no me equivoco—observé—, cuando ocurrieron estas cosas, ya estabais los dos en Atenas, donde podíais ver a todas las mujeres que quisierais.

—Exactamente—dijo—. Era en la época en que me comprometí con María, y eso no lo sabía Kakoulakos.

—¿Se lo ocultaste?

—Volvía de hacer unas faenas con el batallón de reclutas, que estaba entonces a mi cargo—comenzó a relatarme—. Iba a lavarme y a cambiarme de ropa para el rancho de mediodía cuando oí al comandante hablándome a voces. Se había parado a la puerta del despacho, como enrojecido de fatiga. «Pero ¡dónde te metes!», me gritó. «¡Llevo todo el día buscándote! ¿Qué haces esta noche?». Le dije que estaba ocupado. No era la primera vez que me pedía que saliéramos juntos por Atenas. Pero sí la primera que le decía que no. Parecía decepcionado. «¡Qué pena!», me dijo. «¡Hoy que he quedado con dos bombones…!».

Me miró para ver cómo me tomaba las expresiones sacadas de sus diálogos básicos con el comandante. Le indiqué que siguiera contando.

—«Esta noche no puedo, señor comandante», le dije. «Lo siento mucho. En otra ocasión». «¡No habrá más ocasión!», me dijo cabreado. «Para que tú no quieras venir… ¡Eso es que estás citado con otra!». Le dije que sí, que tenía otra cita. «¿Y quién es esa tía?», me preguntó, furioso. «Usted no la conoce», le dije. «Es mi prometida». «¿Te has prometido?». Parecía fuera de sí. «Sí», le respondí, «consideré mejor no incomodarle con asuntos personales». «¡Pues no me incomodes!», me dijo, enfurecido. «Tenías que habérmelo dicho. Un oficial tiene que rendir cuentas a su inmediato superior. ¿O no sabes que hace falta permiso para prometerse en matrimonio? Sin contar con el beneplácito del servicio, nadie puede entablar relaciones. ¡O es que no conoces el reglamento! Vas para comandante e ignoras las cosas más básicas. ¡Te comportas como un mísero alférez! ¡No es culpa de otros si no te ascienden! ¿Qué? ¿No tienes nada que decir?». Para acabar de una vez, le dije que tenía razón, aunque no creía que la tuviera, y me ofrecí a darle explicaciones. En el Ejército, rara vez lo crees. Entonces, se cabreó todavía más. «¡Es mentira!», gritó. «¡No es tu prometida! ¡Será alguna puta y no quieres decírmelo!».

El rostro del capitán estaba encendido. Se veía a las claras que había revivido la escena.

—Entonces tú—le dije—«te retiraste golpeando repetidamente y de forma estrepitosamente repetida y con ruido la puerta».

—¡Pegué un portazo!—dijo—. Pero después hablamos, le pedí perdón y él me dijo que no se había creído lo de que estaba prometido.

—¿Y ahora se lo cree?

—María me dice que lo mejor sería no dar más pie a situaciones como ésa. Pero yo sigo pensando que es una cuestión personal. Y no me incumbe sólo a mí. En María, estoy seguro de haber encontrado a la persona que me va.

Su mirada volvió a recuperar ese algo triunfante, como cuando desfilaba por los pasillos de la Corte Suprema.

—Me lo imagino. Parece una muchacha muy simpática—dije yo, agradecido de poder hacerle un cumplido a su prometida—. No obstante, ¿cómo piensas tú que el asunto trascendió a tu expediente? ¿Por azar?

—No lo sé—respondió—. No estoy obligado a saberlo. Ya no estoy en la frontera ni tengo veinte años. Me voy a casar el mes que viene.

Dejaba de lado el asunto que nos ocupaba, como si lo único que le interesara en aquel momento fuera la boda.

—Espero que todo os salga muy bien—dije yo.

Sonrió de repente, como si algo se le hubiera pasado por la mente.

—Cuando se trata del Ejército—continué diciendo, como para ayudarle en su cavilación—, este deseo tiene un valor especial: allí se espera que todo salga bien.

Dejó escapar una risa nerviosa. Era la primera vez que lo veía reír así. Como con sufrimiento. Luego reímos ambos con complicidad.

—Y esa historia de las cartas—le dije cuando se calmó—, ¿en qué quedó? Si no te da pereza contármelo. Supongo que no te importa que te tutee…

—¡Al contrario!—dijo—. Viniendo de usted...

—En cambio—interrumpí, sonriendo de nuevo—, cuando viene de un tal Kakoulakos...

—No es eso—dijo, mirándome a los ojos—. Aunque reconozco que a veces me gusta mantener las formas, al menos las que nos enseñaron en la Escuela. Allí el *usted* no es sólo una formalidad.

Se quedó parado por un momento, con el paquete de tabaco en la mano; y, cuando lo vi callado, tratando de reprimir su tendencia a la nicotina, le dije:

—Dime una cosa, ¿acaso no juegan a las cartas en el Ejército? ¡Que yo me entere!

—¡Vaya si juegan!—exclamó—. En los puestos de guardia y en las posiciones avanzadas, cuando llega la noche y no tienes otra cosa que hacer, las cartas van y vienen. Por supuesto, como el reglamento lo prohíbe, se hace a escondidas; pero los superiores suelen hacer la vista gorda, aparte de que la mayoría de ellos se vuelven locos por echar un póquer. Es lo que llaman *bomba*. Al día siguiente, te suelen preguntar: «¿Cómo fue la *bomba* de ayer?».

—Y Kakoulakos—le pregunté—, ¿también jugaba *bombas*?

—¡Más que nadie!—dijo abiertamente—. En los puestos de guardia era él quien empezaba y yo le seguía. Aunque debo decirle que, en el juego, se volvía otro hombre. Empezaba a maldecir y jurar.

—Cosa que también prohíbe el reglamento—observé yo—. Entre nosotros, ¡menudo pájaro era ese Kakoulakos!

Le vi quedarse helado de repente. Como si le hubiera mentado lo más sagrado. ¿Es posible que fuera tan ingenuo? ¿O acaso trataba de encubrirlo? ¿O sería, tal vez, que él mismo tenía algo que esconder?

Le dejé recobrarse unos momentos. Yo también estaba deseando fumar, pero me contenía.

—¿Hay algún otro superior (aparte de Kakoulakos) que sepa que juegas o, más bien, que jugabas a las cartas?

—Creo que no. Los que jugábamos en el puesto se contaban con los dedos de una mano. Los conozco bien.

—¿Cuándo jugaste por última vez?

—En la frontera.

Una sombra cruzó su rostro al decirlo.

—No—corrigió de inmediato, rojo como un niño al que pillan *in fraganti*—. Ahora recuerdo que la última vez fue en Atenas. Debió de ser justo después de las elecciones del 61.

—¿Y cómo surgió?

—Debo decirle que aquellas elecciones crearon en el Ejército un clima de miedo—comenzó a relatar con más tranquilidad—. Corrían rumores sobre una posible victoria de Papandreou, de graves consecuencias para nosotros. Los oficiales que simpatizaban declaradamente con la oposición eran los menos, un número insignificante. Así que el resto, es decir, casi todos, se encargaban de celebrar las votaciones en los distintos cuarteles y unidades, de una forma tal que quedaba excluida toda libertad de voto. Recuerdo a Kakoulakos gritar constantemente: «¡Haced lo que se os ordena! ¡Sin rechistar! ¡Yo soy el responsable y soy quien da las órdenes!».

—¿Y qué os ordenaba?—le pregunté.

Dudó por un momento.

—Nos decía que pusiéramos a los reclutas a expedir tarjetas de identidad dobles y triples. ¡Hasta teníamos a un fotógrafo *in situ* que no paraba de sacar fotos! Recuerdo que cobraba cada foto a una dracma y media, con cargo a los sueldos de los reclutas. No ganaban más de cincuenta dracmas.

—¿Y votaban dos veces?

—¡A ver quién se negaba! Nos llovían las órdenes. Y los oficiales no estábamos exentos. Llegaban órdenes de arriba, y Kakoulakos estaba desquiciado. Las alertas iban y venían, y él echaba espuma por la boca. Cuando se terminaban las elecciones, empezaban las manifestaciones de estudiantes, y los periódicos de la oposición hablaban de «violencia y fraude».

»Éste era el ambiente. Una tarde (no sé por qué razón, y en un clima de miedo que multiplicaba los rumores), volvimos a recibir una orden de alerta. Todos los que teníamos permiso aquella noche (entre ellos, Kakoulakos) tuvimos que permanecer en el cuartel. A él, que se pasaba horas arreglándose y hablando por teléfono, la alerta le sentó como un tiro.

—¿Eso fue cuando ya estabas comprometido?

—Sí. Recuerdo que esa noche llamé a María para avisarla de que no iría. Serían ya las nueve, habíamos cenado un rancho frío (esas patatas hervidas que les dan a los acuartelados) y Kakoulakos estaba furioso. Se acordaba de todos los santos. «¡Nos encierran como a los quintos porque no son capaces de mantener el orden!», gritaba. «Esperan que nosotros lo hagamos todo». «Estos galones no me los regalaron», decía, golpeándose el pecho. «Se creen que pueden encerrarnos por cualquier nimiedad. ¡Si ellos tienen miedo, nosotros les enseñaremos lo que merecemos!». «¡Venga!», me dijo en un momento de más tranquilidad, «¡vamos a echar una partida!». Como me vio dudar, me lo repitió en tono de orden: «Yo soy el responsable y soy quien da las órdenes». Luego barajó las cartas.

»Yo llevaba mucho tiempo sin jugar y, al principio, no hacía más que pifias. Kakoulakos estaba muy contento y no paraba de llamarme "bisoño", "niñato", "oportunista" y otras cosas así. Todo, como bromeando. Pero, a partir de un punto, empecé yo a ganar. Entonces comenzó a murmurar entre dientes y a echarme miradas como si le estuviera haciendo trampa.

—¿Jugabais con dinero?

—Siempre se juega con dinero. Si no, no tiene gracia.

—¿Y cuánto le sacaste al señor comandante aquella noche?—pregunté, sonriendo.

—Era ya de mañana. Había empezado a amanecer. Recuerdo que su cara renegrida se había puesto pálida. Creo que le saqué como cuatrocientas o quinientas dracmas. Pero rehusé a quedarme con ellas. Por mucho que insistía, le decía: «¡Me niego!». Entonces me acusó de que, además de «suertudo», era también «sobrado», y de que iba de «caballero de salón». Recuerdo que me dijo: «¿Acaso soy una mujer, para que me trates así? Si no coges el dinero, te mando veinte días al calabozo. ¡Tú eliges!». Y elegí el calabozo.

—Eso debió de sentarle fatal.

—Qué va. Le convino. Se quedó con el dinero. Aunque yo tampoco cumplí con la pena. Él mismo la retiró después. Ya le digo que, en el fondo, no es tan malo.

—Entendido. No obstante, ese Kakoulakos es un tipo raro. ¿No deberías cuidarte más de él? ¿No sería bueno que te buscaras un traslado? ¿No tienes a nadie que te eche una mano?

—No—me dijo con orgullo—. ¡Adónde voy a ir! Estoy contento aquí en Haidari. Si no fuera por este asunto de la promoción, estaría encantado. No sé qué piensa usted, pero yo estoy seguro de que, al final, todo se va a arreglar. ¿No es ridículo que me acusen de haber dado un portazo o que me tengan por tahúr?

Se había vuelto a poner colorado. Le brillaban los ojos. Se le había deshecho la raya del pelo. El flequillo de la frente le hacía parecer un niño. Un adolescente díscolo. Era curioso ver cómo aparentaba mucha menos edad. No tenía en la cara ni una arruga. Su barba, rasurada con esmero, apenas dejaba una sombra sobre sus mejillas. Algo así como una pelusilla.

—Dígame, ¿no está usted de acuerdo, señor vocal?

Su voz tenía un atisbo de temor.

—Yo digo que hay que tener cuidado en nuestros días —afirmé, al tiempo que encendía mi cigarro—. Se oyen y pasan muchas cosas. Lo cierto es que te comportas con mayor inocencia de la que otro de tu grado tendría en tu caso—le dije de forma contundente.

Hizo un ademán de inquietud.

—Y no lo digo como una crítica—me apresuré a añadir—. Pero, aparte de todo, ¿te has planteado alguna vez volver a la vida de civil?

No me respondió. Su rostro reveló una apatía muda, como la que solía mostrar cuando algo no le incumbía de forma personal.

—¿Qué te parecería perder de vista a todos esos comandantes y colocarte felizmente en un puesto público o privado, donde nadie podría poner obstáculos a tu carrera y donde, en cualquier condición, podrías medrar sin órdenes, infracciones o penas militares? ¿Has llegado a pensarlo?

—No—me dijo, simplemente.

Tenía la mirada fija en mi biblioteca, donde, entre los rutilantes tomos de Derecho, asomaba a veces algún modesto ejemplar de Karyotakis o Kavafis.

—No quiero desanimarte—le dije—, te lo planteo como la solución a la que recurriría de forma natural cualquier persona de tu edad. Tú ya no eres aquel novato venido del pueblo: tienes una experiencia en Atenas. Con tus cualidades, podrías hacer una brillante carrera en la vida civil.

—En otras palabras, ¿me está diciendo que es un esfuerzo vano insistir?—preguntó, apagando su pitillo, que había apurado hasta el final.

Tenía un punto de palidez.

—En absoluto. No quise decir eso. Te lo propongo como una alternativa, como un movimiento estratégico, que dirían los mandos.

Volvió a quedarse callado. Su rostro se ensombreció de repente. Debió de pasar por su mente algún pensamiento que se esforzaba en guardar para sí. Y ya me había dado cuenta de que, en esos casos, era inútil pretender conocerlo. Algo del orgullo y de la altivez que su juventud y el Ejército le habían conferido a medias había regresado a ese rostro de labios perfilados, nariz perfecta y frente serena, que ahora mostraba su belleza congelada en su cima, como si no pudiese ir más allá de ese punto.

—No, en ningún caso he querido decir que has caído en el error—insistí—. Al contrario, ¡son errores ajenos los que te ponen en peligro! Por eso te lo digo. Ya me entiendes.

Me miraba sin verme. Y como seguía callado, moliendo entre sus apretadas mandíbulas su terquedad y su ira (lo que quiera que fuera), le repetí:

—Entonces, si no consideras la renuncia, trata de conseguir un traslado. Apártate de ese tipo. No estáis hechos el uno para el otro, ¿es que no te das cuenta? Si fuera necesario, yo podría hablar con alguien para arreglar lo del traslado.

Ésa fue una idea que le dejé caer llevado por mis sentimientos, sin haberla sometido previamente a la supervisión de la razón. No tenía ni idea de si podría ayudarlo en realidad. El capitán tenía la facultad de arrastrar a su interlocutor. Así, con el orgullo con el que me miraba, podría imaginarlo perfectamente al mando de un grupo de asalto en tiempo de guerra, o como responsable de una unidad de buenas obras en tiempo de paz. Podría, debería ser jefe, y no alguien lastrado por la condena de no promocionarse. Eso era algo que, en su caso, yo tenía por una verdadera afrenta.

Puede que algunos de mis pensamientos viajaran hacia él, pues alzó la mirada y se quedó observándome. Alcancé a distinguir en sus ojos esos sentimientos de respeto y cariño que, a veces, un hombre mayor inspira en otro joven y que, de repente, llegan a fundirse en un cóctel no exento de peligro. Como la pólvora y el fuego. Volví a sentir que ni la distancia que separaba nuestras sillas ni la que separaba nuestras edades le impedirían, llegado el caso, levantarse y venir, de manera efusiva, a estrecharme la mano. De capitán de infantería podría pasar a ser, de repente, un subversivo incendiario.

Apagué el cigarrillo y me levanté para llevar la bandeja con las tazas a la cocina.

Al volver, lo encontré de rodillas frente a mi discoteca. Miraba los discos con curiosidad y también con un extraño esmero.

—¿Escuchas música clásica?—le pregunté.

—Sólo en la radio. Y por azar.

Había sacado de su sitio una sinfonía de Beethoven y la tenía en la mano. Recuerdo bien que era la *Heroica*.

—A riesgo de parecer ridículo a los ojos de mis compañeros—añadió.

—¿Y eso por qué?—le pregunté con ingenuidad.

—¡Porque ellos sólo escuchan música popular!—se apresuró a decir.

—Pues muy bien—le dije sonriendo—, ya es hora de que empieces a escuchar también música clásica. ¿Ves como siempre es posible?

También él me miró sonriendo. Ignoro cómo se tomó aquella frase, pero tampoco sé muy bien con qué sentido la dije yo.

Cuando los dos nos levantamos frente a la discoteca, en vez de algo reflexivo, de un poso de reproche que bien podría haber dejado nuestra conversación, volví a ver en él ese entusiasmo que lo arrollaba todo y que me arrastraba peligrosamente a mí también.

—Está bien—le dije—. No te preocupes, todo saldrá bien. ¿Me permites que te haga un regalo?

Y le ofrecí la *Heroica* que tenía en la mano.

—¡Ni hablar, señor vocal! ¡No puedo aceptarlo!—respondió azorado, casi trabándose al decirlo.

—Escucha—dije—. Si te doy este disco, es porque quiero que lo tengas.

Los dos estábamos de pie, en medio de la sala.

—Y que lo sepas: haré todo lo que esté en mi mano. ¡No lo dudes!

Creí que se arrojaría a abrazarme. La luz de la juventud sobre su rostro tenía un toque mítico, como de Adonis, a quien, recién nacido, Afrodita ocultara en un arca, confiando su custodia a Perséfone, reina del Inframundo; la cual, al contemplar a la hermosa criatura, se negó a devolverla; y hubo de interceder el propio Zeus para que Adonis repartiera su tiempo entre ambas diosas. Pero ¿hasta cuándo podría resistir?

—Bueno—dije sin mirarlo—, volveremos a hablar.

Estábamos de pie, frente a frente.

Tuve que realizar un esfuerzo para poner fin a esa conversación llamando a Sofía a fin de que lo acompañase a la puerta. Lo vi marcharse con la gorra debajo del brazo, aventando con su mano libre la *Heroica*.

—Buena suerte—le dije con un gesto—. Te la mereces.

Cuando la puerta se cerró, le dije a Sofía que se fuera a dormir y me quedé muy trastornado en mi butaca, rumiando todo lo que habíamos hablado y tratando de llegar a alguna conclusión razonable. Le daba vueltas a todo en la cabeza, pero lo único que conseguía era recordar su figura. Palabras, consejos, pareceres... ¡Todo se había esfumado! Él había arrasado con todo. Parecía cubierto de una luz cegadora. De una luz ética. Hasta el punto de que aun ahora que te estoy hablando, y pese a todo lo sucedido, esa misma luz sigue presente y recordándolo.

10

La instancia del capitán siguió el curso habitual.

Timbres, pólizas, tasas de negociado, sellos y más sellos, amén de las contribuciones preceptivas a la Mutua de Abogados, con la firma del letrado plenipotenciario. El mismo procedimiento, la misma figura impasible del senador (que, bajo el yelmo gris de su peluca, irradiaba un aire de triunfo) e incluso la misma sombra de Gamilas, que entraba y salía del despacho portando expedientes, como si surcara las arenas del desierto.

Así las cosas, yo seguía encorvado sobre mis legajos cuando una mañana recibí en mi despacho la visita del presidente. Había surgido un problema y, como yo estaba al corriente, vino a preguntarme. En un momento dado, hablando del asunto, se detuvo y me dijo:

—Y ese tipo, Papandreou, ¿qué pretende?

Me quedé mirándolo, un tanto sorprendido.

—No ha pasado ni año y medio desde las elecciones y ya está pidiendo que se repitan. ¿Sabes las batallas que se están librando en el Parlamento?—me dijo señalando al piso de abajo.

—Y fuera de él, señor presidente—encontré el coraje de responderle—. Las universidades están muy revueltas.

—Así es—me dijo, asintiendo con la cabeza—. Y esa organización de estudiantes, la EPEE o como diablos se llame...

—EFEE,[1] señor presidente.

[1] La EFEE (en griego, EΦEE) era la Unión Nacional de Estudiantes

—La EFEE, da igual. ¡No me gusta ni un pelo! Mucho me temo que unos y otros, con lo que están haciendo, nos van a llevar a un callejón sin salida. Me alarma, asimismo, que esta situación pueda llegar a eternizarse...—añadió, mirándome inquisitivamente por encima de sus gafas.

Era muy raro que alguien recibiera la visita del presidente; por eso yo, aprovechando la ocasión, le hice partícipe también de mis temores, que en nada tenían que ver con la política, sino, muy al contrario, con la premiosidad de la Administración, la cual había conseguido que se eternizara el caso del capitán.

—¡Pero qué clase de Administración es ésta, señor presidente!—dije yo por mi parte—. ¡Cómo va a avanzar este Estado!

Me miraba callado tras sus lentes bifocales.

—En parte—dijo, revolviéndose con torpeza en la butaca—, tienes razón en lo que dices. Haz tú una instrucción y a ver qué se nos ocurre en la reunión. Además—añadió—, ésa será, probablemente, la última que ejerzas de vocal. Tu ascenso está *ante portas*. Por lo menos, a ti no te vamos a dejar sin promoción. ¿Estás de acuerdo?—Y dejó escapar una risotada que a mí me pareció un quejido.

Le di las gracias.

—Es preciso, señor presidente—me apresuré a decirle, pues ya se disponía a irse—, que encontremos una solución con los militares. Estará usted al tanto de lo sucedido hace poco en el Primer Departamento. —Y le comenté otro caso en que estaba también implicado el Ejército.

Él volvió a reírse.

—¡Ah, no estés tan seguro!—me dijo—. Mientras ellos

Universitarios de Grecia (Εθνική Φοιτητική Ένωση Ελλάδος), fundada en 1963 siguiendo el modelo de la francesa UNEF.

porfían, tanto más insiste la Corte Suprema. Nosotros, igual que Papandreou. Ése es nuestro papel en la obra. Un papel ingrato, en ocasiones, no lo niego, pero debemos seguir representándolo hasta que caiga el telón.

—Discúlpeme—le dije, a riesgo de resultar monótono—, pero ahora estamos hablando de una obra hecha a medida del Ejército. Como si fuera un uniforme: rígido e impecable, con brillantes galones y botas de pisar fuerte.

—¡Ay, con qué gracia lo dices!—exclamó, y volvió a acomodarse en la butaca como si presenciara una función.

—¿Acaso—proseguí—el bloqueo del susodicho capitán esconde una razón nueva, o se trata, tal vez, del nuevo envoltorio de la misma razón?—Y le expuse entonces algunas consideraciones—. Hemos de decidir, señor presidente—le dije, concluyente—. ¿Estamos ante un moribundo o ante un enfermo con esperanza de vida?

Él volvió a reír.

—Veo que sigues siendo el mismo ideólogo de imaginación galopante. ¡Me parece que el famoso Consejo de Ascensos haría bien en mantenerte bloqueado «por conducta indisciplinada ante las leyes»!

Se ve que lo miré como solía mirarme la señorita Fone, con cierta incredulidad, tal vez con ironía, porque me dijo:

—Querido colega, es una pérdida de tiempo discutir ahora sobre algo a lo que, tarde o temprano, habremos de enfrentarnos como jueces de la Corte Suprema. ¿Para qué torturarnos con ese asunto ahora?

Me pareció, incluso, que iba a darme una palmadita en el hombro, tal como yo mismo hubiera hecho con mi capitán.

—Permítame, señor presidente, pero no se trata sólo de la tortura de los jueces, sino de la que sufren quienes recurren a nosotros como fuente de salvación. No debemos ignorarlo.

Bajó un poco sus gafas para mirarme por encima de ellas.

—¡Ah, eso que dices cae ya en el terreno de la psicopatología! Nosotros, querido, somos juristas. Por suerte. Tenemos a nuestro alcance soluciones que a los psicólogos les son ajenas por completo. Ellos están en la más absoluta oscuridad. Nosotros, al menos, contamos con la pálida luz... ¡iba a decir de la luna! ¡Como sé que eres un poco poeta...! O, al menos, esa fama corre en nuestros círculos...

—Lector de poesía tan sólo, señor presidente.

—Lo mismo da—me contestó—. Tú procura que la instrucción que escribas no sea poética.

Y así acabó nuestra poética disputa. Como acaban en Grecia todas las disputas entre superiores y subordinados: con un tortazo bien sonoro, y poniendo el de abajo la otra mejilla.

II

En la época de la que te hablo, finales del invierno de 1963, junto a la cotidiana labor de la justicia, tenía asimismo toda una serie de obligaciones—visitas a amigos, recepciones, estrenos oficiales en el Real, funciones en el sótano del Teatro del Arte—que me dejaban un escaso margen de soledad y unas pocas horas de música, no más, bien entrada la noche en mi dormitorio. Con el capitán mantenía un contacto telefónico, meramente formal. Yo le informaba del progreso del caso y él me daba saludos de María.

—¡Hay una obra de Tennessee Williams!—llamaba para decirme mi amiga, la señora F.—. ¿Qué dices, te animas?

Era una mujer madura, culta y discreta. En el mundo de hombres de los tribunales, su presencia a mi lado por las noches me ofrecía cierto alivio, un soplo de aire fresco.

—Vamos—le decía siempre, confiando en su buen gusto.

La representación daba comienzo, y cuando la obra alcanzaba un clímax en que el protagonista se dejaba llevar por sus sentimientos, yo me imaginaba cómo habría reaccionado en su lugar el capitán. En las recepciones, evocaba de inmediato su rostro en el de algún muchacho apuesto que nos servía las bebidas, y en las veladas del tocadiscos con las *Vísperas de la Virgen María*, el mismo rostro tomaba una apariencia inmaculada y bañada de luz.

Poco a poco, sin percatarme de ello—como una enfermedad que tarda en declararse, pero de la que sientes los primeros síntomas—, su figura se fue convirtiendo en una compañera permanente de mi pensamiento. Adondequiera que iba, lo llevaba conmigo, como una frase musical que se me hubiera pegado o como un verso retenido sin voluntad alguna. Sus pensamientos parecían pensamientos que me hubieran sido confiados. Cuando se comportaba de manera seria y formal, me inspiraba temor; pero cuando reía, como anticipándose al feliz desenlace de su caso, me hacía pensar; incluso, con frecuencia, desvelarme.

—¡Otra vez distraído!—me decía mi querida señora F., sonriendo y tomándome por el brazo.

«¿Acaso—pensaba, por las noches, sentado en mi biblioteca—somos dignos de la confianza de cuantos recurren a nosotros, que en nuestra mano está concederles o no la posibilidad de ser felices? ¿Nosotros, que impasibles oímos y juzgamos sus casos, a salvo tras el muro de madera de nuestra Arca? ¡Nosotros, que nada arriesgamos, salvo tal vez cierta reputación profesional, mientras ellos, a cara o cruz, se juegan su casa, su trabajo o su propia existencia!».

—Parece cansado—me dijo Sofía una noche de primavera—. ¿No haría usted mejor en acostarse más temprano? Un permiso le vendría muy bien. ¿Por qué no se va unos días al campo, o a una isla, para descansar?

Recuerdo que era una noche especialmente calurosa de mayo de 1963, y soñaba con noches de verano en terrazas de hotel en Egina o en Poros, lejos de tribunales y de juicios, en la compañía de un libro de Rilke.

¿Por qué me arrancan de mis pálidas y azules horas?
¿Por qué me arrojan al vórtice y a la colorida confusión?
No quiero presenciar más su locura…
Yo quiero, como un niño, enfermo y solo en su dormitorio,
con una secreta sonrisa
construir en silencio mis días y en silencio mis sueños.

—¡Por qué se queda hasta tan tarde en el despacho! —dijo la anciana, entrando nuevamente en la estancia—. Y ese gramófono que pone a sonar… ¡Ése también le está perjudicando!

«¡Ojalá sonara todo el día el gramófono!», pensaba para mis adentros; y dándole las gracias, le dije a Sofía que no tardaría en acostarme.

No habrían pasado ni diez minutos, ya había recogido los papeles de mi mesa, había cerrado el tocadiscos y metido los discos en sus fundas cuando de repente sonó el teléfono.

Más que sonar, era como si chillara.

No era habitual que alguien me telefoneara a aquellas horas de la noche, y con una mezcla de curiosidad y de inquietud descolgué el auricular.

Era el magistrado D., que me pidió perdón por molestarme a aquella hora intempestiva.

—¿Te has enterado?—me dijo—. ¿Has oído la radio?

Podía imaginar sus severas facciones y sus sienes grisáceas.

—No—le respondí—. No he oído nada.

—En Tesalónica han herido, muy grave, a Grigoris Lambrakis. Ya sabes quién te digo: el diputado de la EDA.[1] Toda Tesalónica está en vilo. Su estado, por lo que parece, es crítico. Dicen que fue un accidente de tráfico, pero se rumorea que fue un asesinato… ¡Un asesinato!

Me quedé callado.

—¿Me oyes?—preguntó la voz.

Se habían colado algunas interferencias.

—Pues sí—continuó diciendo—. He hablado con personas cercanas a él y me lo han confirmado.

[1] Izquierda Democrática Unida (en griego, Ενιαία Δημοκρατική Αριστερά, εδα).

Y me contó la historia del motocarro, tal como andaba entonces de boca en boca, que luego fue tan conocida que no hace falta ya que te la cuente.[1]

Aquella noche tardé mucho en conciliar el sueño. Afuera las estrellas brillaban solas. Me era difícil atender a tantas cosas a la vez. Las imágenes se confundían en mi interior: tan pronto oía rechinar un motocarro como veía la figura del capitán erigirse serena en su optimismo, e incluso escuchaba en mi mente alguna frase musical.

A la mañana siguiente, me desperté con sabor a quinina en la boca.

Lo primero que oí al entrar en la oficina hacía referencia a Lambrakis. Desde entonces, durante mucho tiempo, ese nombre dejó ver su sombra por los pasillos y despachos, cerniéndose sobre los expedientes en curso y trastocando todo orden y rutina.

[1] Como probaron a la postre las investigaciones policiales, Grigoris Lambrakis fue atropellado intencionadamente por un motocarro y golpeado en la cabeza por uno de sus dos ocupantes. El atentado había sido organizado por las fuerzas parapoliciales del Estado griego. Manolis Hatziapostolou, un civil que presenció los hechos, saltó al interior del motocarro y se enfrentó a sus dos ocupantes, logrando que fueran finalmente detenidos e identificados.

12

La nueva fecha de juicio no tardó en ser fijada. Era un día de junio de 1963, tan provocativamente hermoso en nuestros sombríos pasillos que, involuntariamente, pensé que se había confabulado con el capitán. Sólo el verano y él podían ser tan despreocupados.

Por la mañana, al entrar en la oficina, me detuve en la Secretaría.

—Y bien, señorita Fone, ¿qué viento sopla hoy?—Y, volviéndome hacia el resto del personal, añadí—: ¡Hace un tiempo como para irse de excursión!

—Si nos vamos, ¿vendrá usted con nosotros, señor vocal?—me preguntó, voluptuoso, Gamilas.

—El señor vocal tiene hoy otra excursión—se dignó a señalar el senador, levantando hacia mí su incisiva mirada—. Por cierto, ¿cómo ve usted la cosa, señor vocal?—me preguntó—. ¿Se muestra optimista con el caso del capitán?

—Del apuesto capitán, señorita Fone—me apresuré a corregirla, dejándola pasmada, y continué con paso firme hacia mi despacho.

Estando en el guardarropa, se me acercó el magistrado D. Tan seco como siempre, muy moreno, y con las sienes tan ostentosamente grises que parecía que se las hubiera teñido.

—¿Te has enterado ya?—me dijo.

—No. ¿De qué?—le respondí, ajustándome la gorguera.

—Sartzetakis[1] ha ordenado la detención del general de la

[1] Christos Sartzetakis (Χρήστος Σαρτζετάκης, 1929-2022) fue el magistrado encargado del caso. Durante su instrucción, recibió numero-

Gendarmería y del director de la Policía de Tesalónica. Por cierto, ¿te acuerdas de Sartzetakis? Aquel fortachón de frente ancha y pelo frondoso con una mirada penetrante. Sabes quién digo, ¿no? Pues es quien está a cargo de todo: está investigando a fondo para descubrir a los instigadores. A ver qué hacen ahora los otros, cómo reaccionan...—Y, como me vio un tanto distraído y pensativo, me dijo—: ¡Venga, que hoy te toca la parte del león! ¡Vas a soltarlo todo y a quedarte tranquilo!

El caso del capitán era el segundo en el orden del día, seguido de un tercero. Ninguno de los tres era muy serio—al menos, no era de los que tradicionalmente se tenían por serios—, y todos pensábamos que terminaríamos a tiempo para tomar el aire al final del día, unos en el Zappeion o en Falero y otros en el balcón de casa.

—Espero que no haga falta que me extienda—le dije a mi colega—. Se trata de un caso conocido, que no requerirá mucho tiempo.

Lo vi marcharse satisfecho, envuelto en su toga talar, con su ribete de terciopelo en el cuello y las mangas, listo para colocarse la gorguera.

Sin embargo, yo esperaba que se me diera la ocasión de hablar detenidamente. Tenía para mí que había de librar una batalla y ganarla. Confiaba también en que estuviera presente algún abogado del Estado.

«Esta vez—me dije—, es imposible que dejen escapar la ocasión. Por eso voy a mostrarles todas nuestras pruebas. A ver si se enteran de una vez».

---

sas presiones del Gobierno de Karamanlis, de la cúpula judicial y de los cuerpos de seguridad. Posteriormente, durante el Gobierno de la Junta, fue torturado y encarcelado sin juicio. De 1985 a 1990, fue presidente de la República.

Cierta animadversión, infrecuente en la historia de nuestro cuerpo, se había apoderado de mí. Algún pliegue de la toga se me rebelaba, y la gorguera no acababa de asentarse. Se me había subido, literalmente, «a la chepa».

—Venga usted, señor vocal—oí, en mi distracción, que me decía la señora Melpómene.

Nuestra musa se había plantado delante de mí y me observaba con detenimiento. Probablemente algún magistrado esperaba su turno y ella estaba impaciente por hacerse cargo de su atuendo.

—Listo—me dijo.

Y así me vi empujado a escena.

Lo primero que observé en la sala fue la ausencia de abogado del Estado. Traté de justificar la situación pensando que, tal vez, se hubiera retrasado. De inmediato, mi vista reparó en el capitán.

Estaba sentado en primera fila y, no sé por qué, me pareció que debía de haber llegado muy temprano. Cada poco miraba el reloj y se volvía hacia la puerta del fondo, por donde iban entrando los rezagados. No habrían pasado más de diez minutos (ya había comenzado la vista del primer caso) cuando alcancé a ver una silueta femenina deslizándose por la puertecilla y escuché el crujido característico de los asientos.

Ahora el capitán parecía más tranquilo, después de haberle susurrado algo, tal vez de haberla reprendido. María llevaba otra vez el mismo vestido negro, siempre como de luto, y miró hacia nosotros con la expresión de los que están oyendo una lengua extranjera. El capitán, por el contrario, era todo oídos. No sé de cuánto se estaba enterando realmente, pero nos miraba con el mismo aplomo y optimismo—este último era ya permanente—que si se tratara de su propio caso. Ni la más mínima intranquilidad o distracción, el mismo uniforme impecable, los zapatos de charol impolutos y el pelo repeinado como siempre. Sólo le faltaba la cara de niño de primera comunión. Lejos de ello, tenía la expresión segura de un hombre que sabe o adivina lo que sucederá.

Cuando sonó la campanilla del presidente, vi al capitán sentado con la misma apostura impasible, mirándolo como si divisara la cúspide de la pirámide de Keops. Era yo el que estaba nervioso. Como un actor novato, tuve que carraspear dos o tres veces antes de articular palabra. A decir verdad, debí de estar más lento que de costumbre en mi exposición, lo que hizo que el vocal G. comenzara a rascarse a mi lado.

Al poco rato, mi voz recuperó el ritmo normal. Hablé largo y tendido, controlando, no obstante, el tiempo en mi reloj, que me había quitado de la muñeca para verlo mejor encima del estrado. Y cuando vi que el presidente volvía la cabeza hacia uno y otro lado, como si le estuviera ahogando la gorguera, concluí:

—Tras sucesivas anulaciones, por parte de la Corte Suprema, del acta del Consejo Militar de Ascensos, «por justificación insuficiente», resulta evidente que la Administración carece de causa fehaciente para denegar el ascenso al demandante. Insto, por consiguiente, a la declaración del acta como nula por exceso en las competencias y a la aceptación de la demanda. —Todo dicho con un aire de tenor de ópera italiana que borda su final.

Se hizo, por un momento, el silencio en la sala. Observé que algunos de los comparecientes cruzaban miradas entre sí. Fue el presidente quien rompió a hablar, haciendo las preguntas de rigor. Y habida cuenta de que no se encontraba presente ningún letrado, representante del demandante o de la Administración, dio por cerrado el caso.

Al salir de la sala, estaba seguro de que, a la puerta de mi despacho, me estaría esperando el capitán.

Allí estaba de pie, junto a la puerta de roble, y a su lado, apoyada en el marco, se encontraba también su prometida.

—¿Estás satisfecho?—le pregunté después de saludar a la joven.

—Ha hecho usted mucho por nosotros—me dijo.

En sus labios, no se trataba de una frase hecha. Era obvio que todo el proceso le había fascinado y que el lenguaje jurídico, lejos de resultarle tedioso, le había, incluso, tonificado.

—¿Y para cuándo es la boda?—dije, queriendo distraerle.

Fue María la que respondió.

—En cuanto quede zanjado este asunto. Veremos primero cómo van las cosas y actuaremos en consecuencia.

Había en su voz un sensato aplomo, que yo no llamaría optimismo. Era la prudencia de quien tiene los dos pies sobre la tierra. Él, por el contrario, parecía estar en las nubes. Había un resplandor en torno a él que no podía—ni tampoco debía, pensé—durar ya mucho. A su lado la muchacha, aunque agraciada, parecía insignificante.

—Espero que todo vaya bien—les dije—, y que pronto podáis rehacer vuestra vida.

Me dieron las gracias los dos, y, habiéndole yo dicho al capitán que me telefoneara cuando hubiera pasado un tiempo razonable, se despidieron dispuestos a marcharse. El apretón de manos del capitán fue, a la vez, muy cordial y muy fuerte. Era la mano de un hombre de barro que él usaba como si fuera de hierro. Los miré alejarse por el pasillo. Ella, con paso firme y comedido; él, por delante, como si, en vez de caminar, volara.

13

No voy a cansarte con detalles superfluos. Estábamos a finales de 1963. Las elecciones habían dado ganador, por un cuerpo de ventaja, al partido Unión de Centro, y el líder de la ERE[1] volaba hacia el extranjero como «Triandafyllidis». Los cuchicheos iban y venían por los pasillos y despachos. Unos hablaban de la «educación gratuita» y otros, los más, echaban las campanas al vuelo porque les doblarían el sueldo a los funcionarios judiciales. Veía cómo algunos colegas, que eran indiferentes o que habían incluso denostado a la Unión de Centro, se volvían forofos, de repente, embriagados por el optimismo.

—¡Por fin hay alguien que se fija en nosotros, ya era hora!—exclamaba el vocal V., batiendo sus voluptuosos labios—. Me lo voy a pensar: en las próximas elecciones, no descarto votar a Papandreou.

Y, a la sazón, las próximas elecciones no tardaron en llegar. Entretanto, todos mascullaban la frase que había pronunciado Papandreou en el Parlamento, calificando la justicia de «bastión de la democracia».

—¿Cómo te sientes en el bastión?—me decía en el guardarropa el vocal G., vistiéndose la gorguera bajo la atenta mirada de la señora Melpómene, presta a intervenir ante la más mínima desviación de nuestra indumentaria.

—¡Cuidado, que ése tiene otro bastión!—se entrometió el magistrado E., menudo como un gorrión y con nariz de

[1] Se trata de Konstantinos Karamanlis, fundador del partido.

pico de loro—. ¿No ves cómo intenta penetrar en el sanctasanctórum de la jerarquía militar?

Yo hice como si me riera también, moviendo la cabeza.

—Os estáis olvidando de lo más importante—advirtió, con su canosa cabellera, el magistrado A.—. Pablo está muy enfermo; lo mantienen en secreto, pero es evidente, lo sé por fuentes cercanas a Palacio.[1]

Una vorágine de rumores y famas circulaba entonces por aquellos pasillos, donde un vencido sol de otoño trataba en vano de alumbrar las tinieblas del enorme edificio en que, junto a nosotros, también encontraba cobijo el Parlamento griego.

—De ahora en adelante, todo va a ir a pedir de boca, estoy convencido—me decía el vocal G. mientras se limpiaba las gafas con el borde de la toga—. Y, en cuanto a tu capitán—me dijo, viéndome reacio a compartir los vientos de optimismo—, ya verás como también encuentra justicia. Por cierto—añadió luego—, creo que te interesa: el otro día encontré en una tienda de discos la colección completa de las sonatas de Beethoven en la versión de Schnabel. ¡Son escasísimas!

Poco antes de Navidad, el Gobierno Papandreou-Venizelos había dimitido, y el Gobierno provisional de Paraskevopoulos prestaba juramento con la promesa de convocar unas elecciones limpias.

—¿Qué opina usted, señor presidente?—me preguntó un mediodía Mitsos, el florista de la plaza de la Constitución—. ¿Quién va a ganar las elecciones? ¿El Viejo? ¿Y con qué porcentaje?

[1] El rey Pablo de Grecia, hijo de Constantino I y Sofía de Prusia, esposo de la reina Federica de Hannover y padre de Sofía (futura reina de España), Constantino II de Grecia y la princesa Irene.

—Ya se verá—le dije—. ¿Qué tal la familia? Tus hijos, ¿todos bien?

—¡Yo creo—me respondió—que el Viejo va a arrasar!

Yo miraba con detenimiento un jarrón de claveles rojos. Él se dio cuenta de ello.

—Ponme un ramito de éstos—le dije.

«¿Ha visto?—era como si me dijera mientras los envolvía—. ¡Hasta usted va cambiando de opinión!».

Como perro viejo que era, me caló bien.

No obstante, en el cotillón de fin de año en casa del profesor K., muy prudentemente, obsequié a la anfitriona con un ramo de rosas blancas, blanquísimas.

Muchos actores, gente de la alta sociedad, profesores universitarios e intelectuales se congregaban en los salones, intercambiando cumplidos y pareceres. Casi todos brindaban por la Unión de Centro y apostaban sobre el porcentaje que iba a sacar. Sólo algunos envidiosos tejían sus redes en los rincones oscuros.

—Supongamos que vuelve a la escena—decía el conocido político S.—. Apuesto a que no aguanta demasiado.

El profesor universitario L., echando mano a un canapé, sentenció:

—¡Ah, qué amante más voluble es el poder!

Y, entre risas y bromas, los corchos del champán salían disparados con estruendo. A mí me parecían cañonazos lejanos.

—Fíjate que Fulanita—me decía al oído mi amigo, el diplomático P.—ha venido hoy sin su marido. Se rumorea que ella, *think of it!*, está liada con un criado jovencito... al que, por supuesto, no se ha atrevido a traer aquí... *What a pity!*—Y, echando un trago a mi salud, se fue contoneándose a dar la noticia a otro lado.

Entre espuma chispeante y copas de cristal de Bohemia arrimadas a labios locuaces e insaciables, merodeaba por los salones mirando mi reloj de vez en cuando y pensando en mi música y mis libros como en un paraíso perdido. Me fijé, en especial, en las caras de los más jóvenes. Eran los menos. Esperaban sentados discretamente en las esquinas a que nosotros, los mayores, diéramos la señal de retirada. Tuve la impresión de estar en un asilo en el que se hubiera colado una pandilla de niños. Una muchacha de mirada cansada y hermosas pestañas—pestañas naturales—me llamó especialmente la atención.

Nos miraba con aire de condena, como si toda esa velada fuera un baile de máscaras al que nosotros hubiéramos venido disfrazados con las mejores galas. Llevaba un vestido de muselina que dejaba entrever, perfilada y serena, la línea de su cuerpo. Era un vestido que había sido puesto sin esfuerzo y que no trataba de realzar nada, tampoco de ocultarlo. La chica parecía estar sola.

¿Qué estaría haciendo en ese salón de ostentosas lámparas de araña? ¿Qué la habría traído hasta ahí? Seguramente, sería la hija de algún director de periódico, o tal vez la sobrina de algún diputado, puede que de ese vejestorio que se hacía el gracioso con la joven señora. La mirada de la muchacha, posada en todos nosotros, era la de quien visita un museo de los horrores.

«¡Dios mío!—dije para mí—, esa chica debería estar con alguien de su edad, bailando *rock and roll* en una fiesta o, al menos, en una de las *boîtes* de Plaka, cantando las canciones de la nueva ola, o incluso susurrando ese conocido estribillo». «El muchacho risueño» se llamaba la canción que me vino a la mente: un título tomado de una exitosa obra de teatro que en boca de la juventud adquiría otras connotaciones.[1] Muchos llegaron a decir que había sido escri-

[1] «El muchacho risueño» («Το γελαστό παιδί») es, en su origen, el tí-

ta para el propio Lambrakis. Con estos pensamientos, me acerqué a ella y le ofrecí una copa de champán. Me sonrió, pero no la aceptó.

—No bebo nunca—me dijo.

Y regresó a su soledad.

Aquella mañana, la del primer día de 1964, regresando de la fiesta en el coche de unos amigos por la Atenas desierta, entre unas pocas luces y corrillos de gente que, desaliñada ya en sus mejores galas, volvía rezagada de algún cotillón, me vino a la mente, sin pretenderlo, la imagen del capitán. Allí me encontró, a resguardo del coche que me llevaba a casa, y allí me desarmó con la sinceridad de su juventud, como reprendiéndome por algo que yo, en el fondo, ya sabía aunque me negaba a creer.

Medio mareado por el champán y algo revuelto por toda la comida, pronto caí rendido. Fuera empezaba a amanecer. Quise formular un deseo para el nuevo año, pero el sueño me venció antes de que me diera tiempo a hacerlo.

---

tulo de un poema del irlandés Brendan Beham que, por lo que parece, hace alusión a Michael Collins, líder del movimiento de liberación irlandes. El poema fue traducido al griego por Vasilis Rotas y musicado por Mikis Theodorakis para la obra teatral *Ένας Όμηρος* (1961), pero, junto a otras canciones del autor, resultó censurado de inmediato. La versión inicial (1961) fue interpretada por el propio Theodorakis (voz y piano); Dora Giannakopoulou hizo una grabación años más tarde (1966); finalmente, en la voz de Maria Farandouri, la canción se convirtió en un himno de resistencia frente al autoritarismo en el contexto griego.

14

Pasó la fiesta de la Epifanía,[1] pasó el día de San Antonio y el de San Atanasio, y pasó todo enero, con sus fríos. Quedó sólo el trabajo en los tribunales y la rutina de cada día.

En febrero tuvimos elecciones y, si mal no recuerdo, la Unión de Centro ganó con un cincuenta y tres por ciento, disipando por completo las últimas dudas. El segundo (en muy poco tiempo) Gobierno de Papandreou prestó juramento, contra lo previsto, en el Palacio de Tatoi.[2]

—¿Ves como tenía razón?—me susurró el magistrado A. en el descanso de una reunión, atusándose su venerable cabellera—. Eso quiere decir que Pablo está muy mal; si no, se hubiera desplazado. Quién sabe si ahora mismo—dijo bajando aún más la voz—no estará ya muerto...

Yo lo miraba sin prestarle atención. La palabra *muerto* se me había quedado grabada, al margen del asunto.

En febrero, con retraso por las elecciones, se publicó también nuestra sentencia, y me fue dada la grata ocasión de comunicársela al capitán. Una vez más, era favorable. Anulaba la negación de su ascenso, considerando que la argumentación presentada por el Ejército era «insuficiente». Esta expresión ya se había quedado como una etiqueta.

[1] La Epifanía del Señor que celebran los griegos el día 6 de enero es la manifestación de la Santa Trinidad durante el bautismo de Cristo en el Jordán. Última de las fiestas del período navideño, se conoce formalmente con el nombre de Teofanía (manifestación de la divinidad al hombre), aunque, popularmente, es llamada Fiesta de las Luces (Τα Φώτα) por la iluminación recibida del Espíritu Santo.

[2] Residencia de la familia real griega en las afueras de Atenas.

Puede que el capitán le hubiera cerrado la puerta en la cara al comandante, puede que hubiera trasnochado jugando a las cartas, puede que leyera y que mantuviera conversaciones «impropias de su condición de oficial», pero sus hojas de servicio seguían hablando de un oficial «culto, valiente y honrado». Esto, quiero creer, era suficiente para dar pie a que nosotros admitiésemos su demanda y a que el Consejo lo ascendiera.

—Espero—le dije al teléfono—que, cuando volvamos a vernos, seas ya comandante.

Él pidió verme entonces, pero yo, fingiendo tener algún asunto urgente, le di a entender que, en el futuro, tal vez pudiéramos vernos en condiciones más favorables.

Lo imaginé callado, al otro lado de la línea, y callé yo también, como apesadumbrado.

—Te deseo una buena carrera—le dije—. Y esta vez no aceptaré regalos—comenté aludiendo al canastillo con los frutos secos—. ¡Quién sabe, puede que nos haya traído mala suerte!—añadí para disuadirlo por completo.

Me prometió que me haría caso, pero no habría pasado una semana cuando llamó a mi puerta un recluta que le entregó un paquete a la anciana señora Sofía. Esta vez no se trataba de higos y nueces. Era un álbum con las sinfonías de Chaikovski. ¡Cómo se le habría ocurrido! ¿De dónde habría sacado la idea, él, un oficial de fronteras, asiduo de las tascas populares donde no se escucha otra cosa que el *bouzouki*? ¡Y a saber cuánto le habría costado! Porque, claro, los oficiales del Ejército griego no es que naden precisamente en la abundancia... Y dejo aparte las costas del proceso... Dejé, pues, a un lado mi criterio estético—no soy un fanático del compositor—y descolgué el teléfono. Le reprendí por hacerlo, al tiempo que le daba las gracias encarecidamente. Le dije, incluso, si mal no recuerdo, que tales travesuras eran inadmisibles, y que podían conllevar el peligro de hacerle parecer a mis ojos una personalidad «con clara tendencia a la indisciplina». Se rio con su cálida voz de campana. Yo le rogué que aceptara el aplazamiento de una invitación a mi casa, alegando de nuevo asuntos de trabajo. Colgué el aparato bajo el influjo de su voz, con la que era capaz de transmitir, incluso por la línea telefónica, toda la calidez de su juventud y su carácter.

Por las noches—estaríamos ya a mediados de marzo—, cogía el álbum y lo hojeaba. De vez en cuando, ponía en el tocadiscos la *Sexta sinfonía*, conocida también como *Patética*.

No te oculto que su audición me producía cierta depresión y cansancio, pero, cuando la obra entraba en su parte tercera—*Allegro molto vivace*, una marcha muy viva, casi desenfrenada—, no podía estar quieto en mi butaca. Mis juicios acerca de este tipo de música—estando, como estaba, acostumbrado sólo a cuartetos y sonatas para clavecín—ya no contaban nada: sentía que me levantaba, espada en ristre, listo para ganar una batalla. Sin poder evitarlo, esta parte la tenía asociada totalmente a su figura. Escuchaba la música y pensaba en él. Como un adolescente, sentía cómo me liberaba de todas mis pasiones y a duras penas podía contener mi entusiasmo.

«Pues también hace falta este tipo de música—me decía a mí mismo—para sacudirte; a ti, que, mientras tantas cosas suceden a tu alrededor (cambios, transformaciones, terremotos e inundaciones), te quedas encerrado en tu caparazón». Y aparecía entonces otro pensamiento para hacerme entrar en razón. «¿Por qué te preocupas? ¿Acaso no estás cumpliendo con tu deber? ¿No juzgas en conciencia, tomando parte activa en la vida social? ¿Qué falta tienes tú de marchas y galopes? Eso es cosa de jóvenes, y tú… ¡Tú ya estás entrado en años!».

—¿No está muy alta esa música?—decía Sofía al entrar en el cuarto, y se quedaba mirándome mientras ponía la mesa.

Cuando terminaba la marcha, levantaba la aguja del tocadiscos e interrumpía la sinfonía. Contraviniendo las reglas sinfónicas, la última parte era un movimiento lento—*Adagio lamentoso*, en palabras del compositor—que cerraba la obra con un tono luctuoso y depresivo. Por supuesto, no tenía ninguna gana de escucharlo.

Cenaba y conversaba con Sofía.

—¿Sabes lo que me apetece ahora que entramos en Cuaresma?—le dije—. Un poco de arenque, crema de huevas... ¡y una escapadita!

Aquella noche soñé que era Lunes de Purificación y que me iba con otros atenienses a la Colina de Filópapos a celebrarlo según la tradición.[1] Hacía mucho sol y las risas resonaban en el aire. En un momento dado, mi cometa se quedaba enredada en el tendido de la luz. Yo intentaba soltarla y un joven se ofrecía a ayudarme. Era muy joven, y me pareció muy guapo con su ropa de fiesta; algo desenfadado se desprendía de su sonrisa mientras los dos tirábamos del hilo tratando de desenredar la cometa. Y, de repente, como un cortocircuito, el sol se apagó, se acallaron las risas y el día se arruinó por completo.

[1] Lunes de Purificación (Καθαρά Δευτέρα) es la fiesta con que da comienzo la Cuaresma. Tradicionalmente, los atenienses acuden a la Colina de Filópapos (también llamada de las Musas) para celebrarlo con una comida al aire libre (Κούλουμα) en la que, con acompañamiento de música y baile, se consumen alimentos típicos de Cuaresma: pan ázimo, crema de huevas, marisco, hojas de parra, encurtidos, aceitunas y dulce de sémola. Ese día se vuelan cometas.

15

Junto con los pesares de mi profesión, también ésta me daba alguna que otra alegría. Me habían ascendido y había recibido las congratulaciones del mundillo jurídico, de los amigos y de los conocidos. Algunas señoras, esposas de políticos y de directores de banco, me enviaban ramos de flores con tarjeta y, ahora que tenía los posibles, me había comprado un coche y había contratado un chofer. Cada mañana hacía el recorrido por las calles de Suecia, de Maraslís, del Patriarca Joaquín, hasta que, al tomar la curva en la avenida de la Reina Sofía, el edificio del Antiguo Palacio aparecía ante mis ojos en todo su esplendor con sus antefijas dispuestas como almenas. «Ahora, también yo soy una piedra de esta casa», me decía, con orgullo comedido, cuando a la entrada y en la Secretaría («Buenos días, señor magistrado») me saludaban los ordenanzas y las secretarias, o entraba Gamilas en mi despacho («Buenos días, señor magistrado») para hacerme entrega de los expedientes. Se quedaba mirándome admirado, como si fuera yo un busto de mármol, algo entre héroe nacional y benefactor de la patria.

—Está bien—le decía—. Gracias, no necesitaré nada más.

—Sí, señor magistrado. Entendido, señor magistrado. —Y se iba, reculando con movimientos oscilantes.

Incluso nuestras musas parecían entonces sonreírme abiertamente: Clío, cuyas manos sutiles habían cosido mi nueva toga, y Melpómene, dando vueltas por el guardarropa como una primera bailarina, sin dejarme salir a escena. «Un momento, señor magistrado. Un momento más, señor magistrado», porque ahora, en el ribete y las mangas, ya no lucía yo terciopelo azul, sino negro. Banalidades, me dirás, que, sin embargo, no dejaban de cosquillear la vanidad que todo ser humano lleva dentro y que, con frecuencia, le tortura.

Sólo la siniestra Fone, parapetada en su escritorio tras las demandas apiladas, me miraba desde la distancia con los ojos rasgados como grietas del Hades.

—Felicidades, señor magistrado. ¡Y que sigan los éxitos!

Un deseo que, en su boca, sonaba como una maldición.

Menos mal que, en casa, tenía a Sofía para hacerme poner los pies sobre la tierra. Ella seguía dándome de comer y beber a mis horas, me cuidaba sin alterar un punto sus costumbres y, llegado el caso, me regañaba si me olvidaba de echar a lavar los pantalones o si mojaba el suelo del baño, totalmente indiferente a mi ascenso.

Y la vida seguía.

Nuevas demandas de anulación, nuevos recursos inundaban el tribunal y me tenían absorbido; además, los nuevos derroteros de la escena política nos obligaban, también a nosotros, a cuchichear por las bambalinas de los despachos y los pasillos.

—A ti se te tiene por perito en cuestiones militares—me espetó un día en el guardarropa el magistrado E., con su nariz de pico de loro—. ¿Cómo juzgas ahora esta decisión de Papandreou?

—¿Qué decisión?—le pregunté, porque no podía estar al corriente de todas las decisiones de los líderes políticos.

—¿No te has enterado? Se ha negado a renovar la cúpula del Ejército con mandos demócratas. Vale que han quitado a Sakellariou y que han puesto a Gennimatas en su lugar, pero eso no cambia nada: las bases están podridas, y tú deberías saberlo mejor que yo.

—Tal vez, en Palacio...—comencé a decirle.

Y la vida seguía.

En aquella época—en 1964, si no me engaño—, me había abierto a ir a conciertos multitudinarios: en verano, en el Odeón de Herodes Ático, no me perdía ni uno. Como dama acompañante llevaba normalmente a mi amiga, la señora F., con sus vestidos verdes y azules. Se había quedado soltera en la vida, y así combinábamos nuestro común amor por el teatro y por la música con el también común amor que ambos sentíamos por estar solos. Era una persona discreta, como ya te he contado, y en algún momento habíamos pensado en vivir juntos, pero la iniciativa no prosperó. Quedamos, sin embargo, como buenos amigos.

En el programa de uno de esos conciertos, estaba la *Patética*.

—Esta noche, la orquesta ha estado floja—me dijo la señora F.—. ¡Cuánto mejor sonaba el año pasado, interpretando la misma sinfonía!

Yo me encogí de hombros. Floja o no, me costó escucharla rodeado de señoras con vestidos estampados de espalda descubierta y señores de traje veraniego azul. Era algo que estaba acostumbrado a amar y disfrutar en soledad y que se había vuelto pasto de las fieras en un circo romano. El Odeón no andaba muy lejos. En sus gradas, donde antaño se sentaban unos pocos fanáticos de la escena musical, se agolpaba ahora una ruidosa multitud. Era ya insoportable la insistencia del público pidiendo el bis de una determinada pieza, cuanto más si se trataba de la marcha de la *Patética*, haciendo pedazos la sinfonía. Me produjo cierto desánimo escuchar la obra aquella noche, y, después del *Adagio lamentoso*, tuve que disculparme ante mi dama fingiendo una indisposición.

En lugar de acudir a la tradicional taberna de Plaka, volví a casa y me quedé en mi habitación. Muy abatido y con un extraño presentimiento en el alma. Veía mis discos y pensaba que, mientras las sinfonías de Chaikovski se representaban en el Odeón de Herodes, la mías se quedaban en el cajón.

Poco antes de acostarme, pensé qué sería del capitán. Llevaba tiempo sin verlo ni oírlo. Quizá fuera ya comandante.

16

Estaríamos en el otoño de 1964. Habían mediado ya los sucesos de Chipre, y el Gobierno griego había enviado a la isla una división de paisano haciéndose pasar por turistas. Tenía abierto sobre mi escritorio un ejemplar de *La Tribuna* tras haber arrinconado todos los expedientes.

«Imagínate—pensé por un momento—que el capitán estuviera ahora en Chipre». Estaba seguro de que él estaría encantado de encontrarse allí con la división. Me temía que estaría arrumbado en el Ejército y amargado con toda esa gente.

Una noche me dio por llamarle. Pero ¿qué decirle? «Mejor no—pensé—, es mejor que no me meta». Sus reacciones tenían algo de imprevisible. Y así, dejando a un lado los hechos, me mantuve inmerso en la lectura de la *Eneida*. La luz de la lámpara caía sobre las páginas del libro formando un círculo. Me hallaba en el famoso pasaje del lamento de Dido—«Por quién, extranjero, me abandonas a mí, moribunda»—cuando sonó el teléfono.

Lo cogió Sofía.

—Una voz de mujer—me dijo—. No he preguntado el nombre. —Y se quedó esperando mi respuesta.

Deberías haber conocido a Sofía: era exquisitamente discreta en todo; en el fondo de su alma, guardaba la esperanza de que, tarde o temprano, yo acabaría encontrando a mi media naranja.

«¡Hasta cuándo voy a estar lavando y cocinando para usted!—solía decirme—. Ya soy vieja y cualquier día me muero. Usted necesita una buena mujer. Pero ¡ojo! He dicho una buena, no una de ésas de cascos ligeros... Si va a ser así, ¡mejor se queda usted soltero!».

Así que me quedé soltero.

—¿Es una voz conocida?—le pregunté.

Me dio a entender que no.

Fui, pues, hacia el teléfono. Al principio, no supe quién era. Me dijo que era «María», y aún tardé unos instantes en caer en la cuenta.

—Buenas noches, ¿qué ocurre?—le dije en cuanto fui consciente—. ¿Cómo está el capitán?

El tono de su voz me había provocado cierta inquietud.

—Está enfermo—me dijo—. Lo tienen en el hospital.

—Espero que no se trate de algo grave.

—Sus órganos funcionan bien. «Trastornos nerviosos» le ha diagnosticado el doctor.

Me quedé callado un momento. No sé por qué, me vinieron a la mente aquellas operaciones militares de 1949 en las que él no había tomado parte.

—¿Qué fue del ascenso?—le pregunté.

—No sé—me dijo con un tono de misterio—. Él se lo contará.

—Transmítale, de mi parte, mis mejores deseos de recuperación.

Quería colgar, pero algo extraño en su voz me lo impedía: era como si tratara de decirme alguna cosa sin atreverse a hacerlo.

—¿Acaso hay algo que yo pueda hacer?—le pregunté.

—Sí —respondió—, pero no sé si le resultará fácil, señor vocal.

Se había quedado en mi antiguo título.

—La escucho—proseguí.

—Ha pedido verle a usted.

Dejé pasar unos segundos.

—¿Dónde lo tienen?—pregunté.

—En la 401.

—Está bien—dije—. Intentaré pasarme. No lo garantizo, pero haré todo lo posible. ¿A qué horas admiten visitas?

Me dijo el horario.

Colgué el aparato y me quedé mirando al frente. Me parecía extraño. ¿Ese muchacho—él, en especial—sufriendo trastornos nerviosos? Algo no me cuadraba.

Tardé días en decidirme. Un día posponía la visita excusándome con distintos compromisos, al otro me decía que no tenía obligación de hacerlo, y que pobre de mí si mantuviese relaciones así con todos los que recurren al tribunal. Pero luego me repetía: «No puedes ignorarlo. Si él te debe gratitud, también tú se la debes a él».

Estuve dudando bastantes días hasta que una mañana, cuando me dirigía a mi despacho, Fone me detuvo en el pasillo.

Era infrecuente que nuestro senador se hallase en los pasillos en horas de trabajo. Llevaba algunos expedientes bajo el brazo, pero su cara no era la de quien corre porque le apremia algún asunto. Se veía que estaba al acecho.

—¿Qué viento sopla hoy, señorita Fone?—le dije, después de saludarnos.

—Una brisilla, señor magistrado—respondió con aire de Sibila—. ¿Le importaría pasarse un momento por la Secretaría?

Fui detrás de ella, como si estuviera siguiendo al destino.

—Tome asiento—me dijo con la mayor formalidad y cortesía—. ¿Le importaría ver una demanda? La tengo aquí, con todo su expediente.

Me senté y saqué las gafas de cerca.

Ella se puso a escribir, pero pude sentir cómo su mirada me estaba escrutando.

Por tercera vez, el capitán recurría al tribunal solicitando la anulación de una resolución del Consejo de Ascensos. Esta vez, sin embargo, no se trataba de una denegación: lo habían expulsado del Ejército.

Al parecer, me había quedado boquiabierto. Los ojos de la señorita Fone me seguían impávidos. Eran ojos de adivino ciego.

Me quité las gafas y me quedé mirándola. Al parecer, no solía mirar así a nadie, pues se puso nerviosa y empezaron a temblarle las manos.

—Pensé que podía interesarle—me dijo—, dado que fue usted quien se ocupó del caso.

Su voz, arrastrada y nasal; su rostro, desvaído; se diría que, de un momento a otro, sus cabellos comenzarían a caerse y aparecería con el cráneo desnudo.

—¿Hace días que está aquí?—pregunté, refiriéndome a la demanda.

—Días—reconoció, mordiéndose el labio inferior como si quisiera hacerlo sangrar, aunque lo que quería en realidad era decir: «¡Qué pena!» Pero le resultaba ya imposible ocultar su sentimiento. Y era el sentimiento de triunfo de una mujer privada de las más simples alegrías terrenales que la Creación concede al ser humano.

Se había ruborizado por completo. Yo también debía de estarlo. Al fondo de la sala los escribanos garabateaban con sus plumas y un suave airecillo movía las copas de los árboles del Jardín Real. De lejos llegaba la música de una banda militar. Tal vez fuera el recibimiento solemne de alguna personalidad. Pero a mis oídos sonaba con un aire luctuoso.

—Cierre esa ventana, por favor. —Y, sin mediar más palabra, cerré el expediente y me fui dando un portazo.

Por el pasillo, apenas pude devolver el saludo a un compañero que se detuvo a hablarme. Encerrado en mi despacho, andaba de un lado para otro. Tenía sentimientos encontrados: de ira hacia aquellos que con tanta vileza se disponían a expulsarle y de culpabilidad hacia mí mismo.

«Has dejado solo a ese hombre, lo has abandonado en la habitación de un hospital», oía decir a la voz que me reprendía en mi interior.

Conocía bien ese hospital de anteriores visitas y puedo describírtelo. Un batiburrillo de edificios—neoclásicos, por supuesto—que hoy, deshabitados y medio en ruinas (si aún siguen en pie), miramos con cierta complacencia estética, pero que en absoluto sirven a su cometido; pues, para ir de un ala a otra, tienes que salir de un edificio y empezar a dar vueltas por los caminitos hasta dar con la puerta correcta que te lleve hasta la otra dependencia. Y todo esto rodeado de un olor a formol que te revuelve las tripas, de un enjambre de reclutas patanes que hacen de enfermeros y de un puñado de médicos militares que se matan por salir adelante. No, por supuesto que debería haber ido a verlo. Cualquier retraso más significaba ya una deserción.

Aquella mañana se me hizo interminable. En la sala de vistas a ratos me dormía y a ratos me desesperaba. Estuvo de Dios que aquel día no tuviera que hacer yo la instrucción. Con todo, para poder seguir el proceso, tenía que poner toda la atención, pero se me había metido en la cabeza la marcha fúnebre que había escuchado esa mañana.

A mediodía, almorcé deprisa y, con un taxi, me planté en el hospital cerca de las cuatro. Perdí un cuarto de hora dando tumbos de pasillo en pasillo, buscando la sección de Psiquiatría, topándome con enfermeros indolentes de ademanes afeminados y preguntando a médicos que me respondían con vaguedades, para acabar dando con un paciente, visiblemente enfermo y abatido (no descarto que acabara de salir de un electroshock), que me dijo:

—¡Ah! ¿Quién? ¿El capitán tal? ¡Si ése ya ha salido! Se lo llevaron esta mañana. Y a mí… ¿cuándo me van a sacar?

Y, antes de darme tiempo a reaccionar, lo tenía colgado del cuello, deshecho en sollozos.

Me costó horrores quitármelo de encima. Se lo llevaron unos enfermeros, tumbándolo de un empujón sobre una colchoneta dudosamente limpia, y yo, como un loco, salí de nuevo al laberinto de los pasillos.

Ya en el jardín, me detuve en un banco.

El jardín, al contrario que los interiores, parecía inspirar cierta serenidad, sembrado de árboles y de parterres con violetas y pensamientos. Algunos pajarillos invisibles amenizaban el ambiente con su canto. A mi lado estaba sentado un muchacho con muletas. Vestido como estaba con la bata granate que les dan en el hospital, no pude llegar a saber su graduación. Estaba pálido y flaco, tenía un aspecto noble y sostenía un libro en las manos. Me fijé en la portada. Era *Vida en la tumba*, de Myrivilis.[1] Sentí junto a él cierta seguridad, y el muchacho se echó a un lado para hacerme sitio. Quedamos separados por las muletas, y entonces reparé en que tenía escayolada una pierna. Me quedé mirándolo, absorto en mis pensamientos, y en un momento dado se volvió hacia mí. Tenía los ojos azules y un bigote rubio que le hacía parecer un estudiante.

—¿Ha venido usted a visitar a algún paciente?—me preguntó con voz muy suave, como si el paciente fuera yo.

—Sí—le respondí—. Pero ya se ha ido.

Sonrió ligeramente.

—Eso significa que se ha recuperado. ¿Es un oficial?

[1] *Vida en la tumba* (*Η ζωή εν τάφω*, 1924) es la primera novela del escritor griego Stratis Myrivilis. Cuenta, a modo de diario, los horrores de la Primera Guerra Mundial.

—Lo era—le respondí.

Algo en mi expresión debió de despertar su curiosidad, pues cerró el libro, teniendo la precaución de dejar marcada la página.

—¿Una fractura?

—No, algo más.

Movió la cabeza.

—Tal vez... ¿algún padecimiento mental?—me preguntó con cautela, como aliviado.

—Puede. ¿Es usted militar de carrera?

—Proveniente de la reserva.

—¿Una fractura?—le pregunté yo entonces.

Y él, con una melancolía de enfermo mental, respondió:

—Sí, una fractura.

No hablamos más. Le deseé, entre dientes, que se mejorara y me fui del hospital. La imagen del capitán me persiguió hasta la salida.

En casa me esperaba la noticia de que alguien me había llamado por teléfono, negándose rotundamente a revelar su identidad.

—Mejor así—le dije a Sofía—. No quiero más molestias hoy.

—Si se me permite—me respondió con voz suave, tratándome también como a un enfermo—, debía de ser aquel muchacho, aquél tan simpático y tan bien parecido. ¿Sabe quién digo?

—No, no lo sé—le dije de manera un poco seca.

—Pues el capitán...

Me entraron sudores.

—¿Dejó algún recado?

—No.

Busqué su teléfono y no me resultó fácil dar con él. Lo tenía anotado con lápiz en el margen del listín, como si fuera un número que no tardaría en desaparecer de mi vida. Lo repasé con tinta, como en un intento, algo tardío, de dejarlo fijado.

Llamé varias veces y nadie respondió.

Avanzada la noche, sonó el teléfono. Era el profesor K.

—Llamo para invitarte, si estás libre, el próximo sábado. Van a venir a casa unos cuantos amigos, gente íntima.

—No puedo prometerte que asista—dije, dándole las gracias—. Se me ha acumulado el trabajo y no sé si podré.

—¡Venga!—me repuso con retintín—. ¡Deja una noche solos a Virgilio y a Safo, que ya verás qué bien se las arreglan!

—Es mejor que no cuentes conmigo—le dije esta vez con tono de ultimátum.

—Es una pena. A ti, en especial, te interesaría venir. ¿Recuerdas la conversación que tuvimos sobre el Ejército y los problemas que estabas teniendo? No sé si, entretanto, han dejado de preocuparte… En fin, el sábado voy a tener en casa al coronel O.

—¿Y quién es ése?

—Ah, no puedo decírtelo por teléfono—contestó con aire misterioso—. Sólo te diré una cosa: es de los que lideran un movimiento para la democratización del Ejército. Te interesa: vas a enterarte de muchas cosas. Te espero, pues.

Y colgamos.

Aquella noche tuve pesadillas.

17

A la mañana siguiente, cuando salía de mi despacho alrededor de las diez, vi en el pasillo una silueta que me resultaba conocida. Avanzaba hacia mí. Tuvo que acercarse bastante para que me cerciorara de quién era.

—Capitán, ¿usted por aquí?—dije, como golpeado por un rayo.

Sin pretenderlo, le había vuelto a hablar de usted.

—Como podrá comprobar, ya no soy capitán—me contestó con su voz de siempre, algo más apagada.

Venía de paisano, con un traje gris, de chaqueta cruzada, corbata azul y zapatos marrones (creo que eran sus viejos zapatos de charol). Había tenido ocasión de ver a muchos militares de paisano y comprobar su lamentable aspecto. Sin galones, ni estrellas, ni brillo alguno. Normalmente, con un traje mal hecho, flojo e incómodo. Con cierta vacilación en el andar y también en la voz, habituada sin embargo a dar órdenes.

No era éste su caso. El capitán parecía un figurín. El traje gris le confería un brillo adicional, hacía resaltar el color—también gris—de sus ojos, dándoles, a la vez, un tono desvaído, casi poético; y su cintura, sin estar tan marcada como en el uniforme, mantenía su gracia. La raya de los pantalones, impecable. Y su paso y su porte, rebosantes de aplomo. Vestía de paisano con la naturalidad de un civil: sólo que estaba pálido, muy pálido. Y con la mirada algo perdida. El bello Adonis, pensé, que Zeus escamotea a Perséfone para dejarle visitar por un tiempo a Afrodita.

—Lo lamento mucho—le dije—. He sabido que estuviste enfermo.

—Y usted fue a visitarme—me respondió con una sonrisa—. Se lo agradezco mucho.

—Debí haber ido antes—le dije, nervioso—. Pero tú no me informaste de la decisión del Consejo. ¿Qué decisión fue ésa? ¿En qué la fundamentan? No he tenido aún tiempo de ver tu expediente.

—Tengo una copia de la demanda—me dijo con la misma sonrisa, como si, de repente, mi presencia le hubiera inspirado una seguridad ante la que yo parecía el azorado y él el firme, el que estaba dispuesto a consolarme.

Pasamos a mi despacho y abrió de inmediato el pliego de su demanda. Ya no era aquel papel tan elegante al que me tenía acostumbrado: era una hoja arrugada y doblada en cuatro, que más que la demanda de un militar parecía el papel de una carnicería, donde iban a envolver un trozo de pernil.

—Siéntate—le dije.

No voy a detallarte la argumentación del cese, pero lo cierto es que lo habían expulsado por incapacidad para el servicio. No faltaban, claro está, algunos calificativos; no «indisciplinado y proclive a la discusión», como la vez primera, ni «exageradamente impetuoso, con afición a los juegos de naipes», como la segunda. Esta vez, al contrario, había una expresión que lo tildaba de «ciclotímico y afectado en su salud mental».

—¿Qué te ha pasado?—le pregunté—. ¿Tienes algún problema de salud?

—Creo que no—me dijo, mirándome como de lejos.

Su mirada, directa y constante, venía del fondo de su alma. Sólo que ése era un fondo turbio, como agitado por una marejada.

—Estoy bien—dijo—. He tenido un percance, pero lo he superado. Me siento más capaz que nunca de servir al Ejército.

Me hablaba como si se estuviera dirigiendo a un oficial.

—¿Estás seguro de querer hacerlo?—le dije—. Esto que pones aquí—dije, levantando el papel de su demanda—, ¿lo piensas de verdad? ¿Insistes? ¿Deseas insistir?

Asintió en silencio. Seguía conservando el mismo convencimiento de antes, aunque estuviera pálido y ojeroso. Yo jugaba con el abrecartas sobre mi escritorio; él tenía las manos juntas, como si rezara.

—Dado que la ley me lo permite—dijo con voz serena y clara—, considero que debo insistir, señor magistrado. Por cierto—añadió con algo más de brío—, olvidaba felicitarle por su ascenso.

¿Cómo le habría dado tiempo a enterarse? Es un misterio. En boca de otro cualquiera, esa misma frase hubiera sonado molesta, hubiera dejado, como poco, cierto resabio de envidia. Él, sin embargo, la dijo sonriendo. ¿Cómo interpretar esa sonrisa sino como una prueba de devoción?

—Muchas gracias—le dije.

Nos quedamos callados unos instantes. Sus ojos—observé—miraban el jardín. Algún trino había captado su atención, provocándole cierto decaimiento. Me recordó mucho a aquel muchacho del bigote rubio y la bata granate. ¿Qué lo había llevado al hospital? No me atrevía a preguntar.

—Escucha—dije, volviendo en mí—. No sé decirte qué puedes esperar. He de ver antes todo tu expediente. Sólo sé una cosa: que la ley deja claro que a quien le es denegado el ascenso dos veces, a la tercera se le expulsa del Ejército. Bien es cierto que tus denegaciones fueron anuladas: es como si el ascenso nunca te hubiera sido denegado. ¿Me entiendes?

—Lo sé—respondió serenamente—. He hablado con mi abogado.

—¿Y qué te ha dicho?

—Me dijo que hiciera lo que me pareciera conveniente.

Hablaba sin mirarme a la cara.

—¿No estaría tratando de hacerte desistir?

—Puede—dijo entonces, visiblemente afectado.

Volvimos a quedarnos callados, en un silencio incómodo, tan sólo interrumpido por los trinos.

—¿Qué decides, pues?—me adelanté a decir—. ¿Quieres dejarlo aquí?

—No—respondió—. Quiero seguir.

Había un aire en él que te impedía echarte atrás. Todo apuntaba a que debía aconsejarle en el mismo sentido que su abogado. Pero le dije:

—¡Sea, pues! ¡Sigamos adelante!

Sentí que en mi interior se despertaba algo triunfal. Levantó la cabeza y me miró con gallardía. Como sólo se mira en el Ejército. Había algo fiero en su figura, como en la de un león herido que se revuelve porque la bala del cazador es algo nimio en su cuerpo brioso; un joven león que quiere vivir. ¡No, quedaba claro que no iba a rendirse!

Lo acompañé a la puerta.

—Tal vez tenga que verte—le dije—antes de que tu caso vuelva a reabrirse.

—¿Irá para largo?—me preguntó.

—Como siempre—respondí—. Quizá tarde algo más. Cada día tenemos más casos en este tribunal. Se ha puesto de moda recurrir.

—Yo soy de los de antes de la moda—dijo, chasqueando la lengua—. Como decimos en el Ejército: ¡yo soy perro viejo!

Y me miró con la cara de un niño al que le han herido en su amor propio. ¿Sería ésta su única herida?

—¡Lo dicho, pues!—concluí sin dirigirle la mirada—. Si quieres, puedes venir a casa. Allí hablaremos más tranquilos. Tal vez tengas algo importante que añadir a tu expediente. Porque esta vez tenemos que aprovechar hasta el último recurso...—le dije entonces, mirándole a los ojos.

—¡Sí, señor!—respondió, mirándome él también a los ojos—. ¡Hasta el último!

Estaba muy pálido, pero tan apuesto como siempre. Sólo algunas arrugas le surcaban la frente: pensamientos, tal vez, que iban a ser fugaces, pero que se quedaron grabados para siempre.

—¡Hasta la vista, pues!—le dije.

Me había olvidado otra vez de preguntarle por su prometida. Lo vi marcharse hacia la salida, solo y desvalido. Su paso, sin embargo, era el mismo que cuando iba de uniforme. Tal vez, un poco más lento y sin el ruido de los tacones. Puede que los zapatos no fueran los mismos.

Ese mediodía, saliendo por la puerta que da a la avenida de la Reina Sofía, me di de bruces con una multitud en la que unos intentaban evitar ser pisados mientras otros, jóvenes los más, gritaban consignas y agitaban pancartas. Me metí deprisa en el coche.

—¿Qué sucede?—pregunté al chofer.

—Estudiantes, señor magistrado. Se están enfrentado a la policía. A la entrada de la universidad hay un jaleo enorme.

Se puso en marcha, tratando de abrirse camino. Algunos agentes de tráfico nos hacían señales a la desesperada, y un joven se lanzó al parabrisas y empezó a golpearlo con el puño. En un acto reflejo, me llevé la mano a la cara para protegerme. En el último momento, girando hacia la plaza de la Constitución, vi caer a un joven herido. No tendría más de veinte años y tenía una herida en la frente, como un capullo rojo que hubiese reventado en explosiva floración. Aparté la mirada y seguimos avanzando, acompañados por los gritos de la gente, que repetía rítmicamente: «Uno-uno-cuatro».

18

No habría pasado una semana cuando el capitán ya estaba llamando a la puerta de casa.

Sofía nos sirvió en el salón. Un té para mí y un café para él. Algo que ya se daba por sentado, como un ritual.

—¿Cómo andas de salud?—le preguntó.

Lo hizo con un aire maternal, como de nodriza que lo hubiera tomado a su cargo de niño.

—¿Quieres más azúcar? ¿Unas pastas? Te veo un poco delgado… ¿Te pongo una rebanada de pan con miel?

Ni pan ni miel. Antes siquiera de probar el café ya había sacado su tabaco y, pidiéndome permiso, encendió un cigarrillo con la cara de quien lleva mucho tiempo privado de fumar. Sus dientes—alcancé a observar—ya no estaban tan blancos como antes: tenían un contorno amarillento. Llevaba un abrigo largo, pasado de moda, y debajo el traje gris, cruzado, con el que se presentó en el tribunal. Sólo que ahora la raya del pantalón no era ya tan impecable. «Puede que no tenga otro traje—pensé—. Quizá éste sea el único bueno». Pensé también en mi propio armario, lleno de trajes, algunos de los cuales me había puesto tan sólo una o dos veces, para una recepción o un concicrto. Por no hablar de las corbatas. Él llevaba también la misma corbata azul.

—¿Hay alguna novedad? me preguntó.

—No, ninguna. Quiero oír las tuyas. ¿En qué andas ahora?

—Por las mañanas—me dijo—, voy al servicio. Como he recurrido la expulsión, tengo derecho a ir.

Dos finas arrugas flanqueaban sus labios, conteniendo su boca en una especie de paréntesis.

—¿Y cómo te tratan?—le pregunté—. ¿Qué dicen?

—Me tratan bien. Pero soy yo quien no se siente siempre bien con ellos. Es natural, mientras no acabe de zanjarse este asunto.

Me miró a los ojos.

—A veces pienso que mi puesto debería estar en otro lado.

—¿Qué insinúas?—le pregunté, albergando una esperanza. Pensé que, tal vez, había empezado a plantearse en serio la retirada.

—Creo que debería estar en Chipre, con la división.

Me quedé mirándolo. ¡Qué curioso! ¡Acababa de decirme lo mismo que yo había pensado!

—Aunque quizá sea peligroso—comentó, vagamente—. Nadie sabe lo que puede pasar de un día para otro. Por eso, precisamente, creo que debería estar allí.

Dejamos de hablar por un momento. Fue como si perdiéramos el contacto. Vi cómo su mirada vagaba por la sala y cómo, de repente, se detuvo en los discos.

—¿Qué tal la *Heroica*?—le pregunté—. ¿La escuchas alguna vez?

Me miró, como hipnotizado.

—Con regularidad—me dijo; y se quedó callado, envuelto en el humo del cigarro.

—¿Qué es de tu amigo Kakoulakos?—le pregunté para atraer su atención—. ¿Sigue en el Centro de Instrucción?

Asintió levemente con la cabeza.

—¿Habéis hablado de lo tuyo? ¿Qué opina?

Vi que se incomodaba.

—Unas veces muestra interés y se ofrece a ayudarme... y otras me hace la vida imposible. Él es así—dijo, tratando de justificarlo una vez más.

Resultaba evidente que decía las cosas con desilusión.

—Háblame con franqueza—le dije—. ¿Qué te pasa? Tienes que contármelo todo. En eso hemos quedado, ¿no te acuerdas?

Se incorporó en el sillón. Sacó de su pecho un suspiro, como si sacara una piedra. Su rostro recuperó esa expresión voluntariosa que solía tener.

—Al principio—comenzó a relatarme con su habitual tono vivaz—, antes de que decidieran expulsarme, Kakoulakos se deshacía en elogios y atenciones conmigo. Intentaba convencerme de que saliéramos juntos una noche, porque a mí, decía, se me dan mejor las mujeres. Le recordé que estaba comprometido. «Ya lo sé», me dijo. «¿Te crees que soy tonto? ¿Y qué más da que estés comprometido? ¡No serás el primero ni el último! ¡Y yo no sé nada si tú no me lo dices!». Pasó un buen rato y volvió a decirme: «Y si al final es así, entonces preséntame a tu novia, que la conozca también yo. ¿O acaso no me consideras digno de ella?». Me lo dijo de manera cortante. Yo cedí. A fin de cuentas, ¿por qué no iba a conocerla? Estaba seguro de que aprobaría mi elección. Así que salimos una noche, los tres, a una taberna.

»Al principio—continuó diciendo—, se portó muy bien con los dos. Le prometió a María, incluso, que se interesaría por mi caso. Que hablaría con un tal Mavrokefalos, del Consejo de Ascensos, y que intentaría influir sobre él. "Para un amigo que tengo", le dijo a María, "¿no voy a interesarme por él? ¡Faltaría más!". Me molestó, no obstante, que, durante toda la conversación, le hablara sólo a María, como si yo no estuviera presente. En fin, comimos, bebimos y eso fue todo. Una mañana se presentó en el servicio y me dijo: "He visto a Mavrokefalos y le he hablado de ti. Quiere conocerte. Propongo que salgamos una noche. Tú dile a María (esa vez la llamó María, a secas) que traiga a alguna amiga con ella, para que no sea la única mujer en el grupo". Cedí de nuevo. Salimos una noche Kakoulakos, yo, María, una amiga suya y Mavrokefalos. Un tipo muy serio y malencarado, cubierto de galones. Tal como te lo cuento. De Mani él también. Con la consabida fama que tienen los de Mani en el Ejército. Se le pegó a la amiga de María sin el menor miramiento. Se sentó a su lado y no paró de echarle de beber. Vi a Kakoulakos un tanto molesto. No es que no se lo esperara, pero parece que tenía intención de que la chica fuera para él. Aquella noche hablamos de otras cosas. Cuando nos despedimos, Mavrokefalos se quedó con el teléfono de la muchacha y Kakoulakos estaba que trinaba.

»Al día siguiente—continuó su relato—, vino por la mañana a mi despacho y me dijo: "¿Sabes? Sería mejor que fuera María sola a pedirle el favor". Yo le contesté que no me gustaba pedirle favores a nadie, y menos que lo hiciera María. "Pero ¿es que no te enteras, cabezota?", me dijo. "¿No te enteras de que sólo María puede convencerle?". "¿Y por qué María?", le pregunté. "¿No estuvo a punto de liarse con la otra?". "Una cosa es María y otra cosa la otra", afirmó. "Tiene que ir ella sola a verlo en persona. Es la única manera de que lo consigas". Yo no entendía nada. ¿A santo de qué tenía María que ir a ver a Mavrokefalos? "¿Y por qué no puedo ir yo con ella?", le pregunté. "¡Porque eres un capullo!", me dijo, cabreado, dando un puñetazo en la mesa. "¡Qué cosas tienes! Si eres tú el interesado, ¡no vas a ir a pedirlo tú mismo!". Esperé a serenarme un poco. "Si es por tu bien", dijo María, "¿por qué no voy a ir? ¿Qué perdemos con ello?".

—¿Y fue sola?

—Sola—me respondió, apretando las mandíbulas, tratando de triturar la ira que se apoderaba de él.

—¿Y qué pasó al final?

—Nada. Que en vez de suceder lo mejor, sucedió lo peor. Y encima vino Kakoulakos a liarme aún más.

—¿Qué te decía?—le pregunté mientras le servía otro café.

—Que Mavrokefalos se había enfriado porque la otra chica le había dado calabazas, y que se comportó como si no conociera a María, y que, al final, fue él, Kakoulakos, quien salió malparado, porque Mavrokefalos la tomó con él y le dijo: «¡Ya me tienes harto con tu capitán! ¡Qué coño quiere ese guaperas! ¡Que se meta a chuloputas y nos deje en paz! ¡Qué hace aquí en el Ejército, dándoselas de listo!». Y otras cosas por el estilo. «¿Ves lo que tengo que aguantar por tu culpa?», me dijo Kakoulakos. «¡A ver si te enteras! Y en cuanto a María (no te lo tomes a mal), creo que no es para ti. Que no te vale». Se me subió la sangre a la cabeza. «Escúchame bien antes», me dijo, «y después te enfadas si quieres. A María no le supone ningún problema liarse con Mavrokefalos, y no sólo te vas a quedar sin el ascenso, sino que encima vas a salir escaldado». Me levanté hecho una furia. Le advertí que no volviera a repetirlo, porque me olvidaría de que me estaba dirigiendo a un superior. «Te olvidas a menudo. Ése es el problema contigo», me dijo. «El otro día, volviste a hablar con ese hijo de puta, Foundoulakis». Foundoulakis es un sargento de artillería de mi promoción; éramos amigos en la Escuela y volví a encontrármelo en el Centro de Instrucción de Armamento Pesado.

—¿Qué fue lo que hablaste con ese Foundoulakis?—le pregunté con dulzura, como si le estuviera hablando a un niño, porque tenía los ojos inflamados, porque la cara le ardía de ira.

Me dio miedo mirarlo. Era como si fuera otra persona. Un desconocido.

—Comentábamos la situación, ya sabe. Lo que está sucediendo. El Ejército reacciona ante el Gobierno; al menos, algunos de los mandos principales. Se nota movimiento, unos quieren hacerlo progresar y otros dar marcha atrás, ir a una guerra entre facciones. Yo también voto, debo estar informado. Ese tal Foundoulakis es de Creta, de familia partidaria de Venizelos. Con él podía hablar tranquilo.

—¿Y cómo se enteró Kakoulakos de tus conversaciones con Foundoulakis?

—¡Qué sé yo! Debe de haber soplones por todas partes. ¡Si no, no se explica!

Era la primera vez que se permitía hablar abiertamente. Me parecía extraño que un hombre como él se dejara arrastrar por un arrebato de ira o de desesperación. «Ya lo ves—pensé—, hasta las naturalezas más nobles y morales tienen un límite».

—¿Y con María?—le pregunté para cambiar de tema—. ¿Qué pasó con ella?

—Bueno, con María... ¡Qué quiere que pasara!—comenzó a balbucir.

Volvió de repente la cabeza hacia el lugar donde estaban los discos.

—Con María se enfriaron las cosas—dijo sin dirigirme la mirada.

Cuando la volvió de nuevo hacia mí, sus ojos estaban empañados. A duras penas contenía las lágrimas.

—Pero ésa no es razón—dije para tranquilizarle—para que tu relación con María se vaya al traste. ¿Sólo porque se os cruzó un estúpido veterano?

Esta vez, no reaccionó al oír mi calificación.

—No—dijo con aplomo—. Pero desde entonces, desde poco después de mi enfermedad, María cambió mucho conmigo. No sé lo que le dirían de mí, qué lecciones le darían Kakoulakos y Mavrokefalos; el caso es que cuando volvió era otra persona.

—¿Y qué te dijo?

—Que si seguía comportándome así haría mejor en dimitir antes de que me echaran. «Por lo menos, sé digno», me dijo, «que no hagan contigo lo que quieren».

—¿Y qué le respondiste?

—Recuerdo que le dije que no se entrometiera, y que había hecho mal en meterla en esto. Que, en adelante, me hiciera caso sólo a mí. Que tenía que tratar conmigo y no con el Ejército. Y que se preparara para celebrar la boda lo antes posible. Ella dijo que no, que no estaba la cosa para bodas.

Le temblaba la voz. Estaba a punto de romper a llorar como un niño.

Me levanté de mi sillón para acercarme a él.

—Venga—le dije, poniéndole la mano en el hombro—, un soldado no se viene abajo. Todo esto pasará.

Levantó la vista, dirigiéndola hacia mí, como si viera a un dios *ex machina* que bajara a auxiliarlo.

—Con María se arreglarán las cosas; y Kakoulakos, que diga lo que quiera. Tú concéntrate en tu demanda. Ahora que te has metido a la batalla, tienes que luchar.

Me escuchaba a mí mismo diciendo aquellas cosas con la impresión de estar haciendo un discurso barato por encargo en una fiesta nacional.

—No te preocupes—continué diciendo—, aquí estamos nosotros para apoyarte. No vamos a dejar que te destruyas.

Y, nuevamente, tenía la impresión de estar hablando en el vacío.

Me dirigió una mirada devota, cargada de una loca esperanza que debió de cruzarle por la mente. Pero al instante, como cubierto por una nube negra, se volvió y me dijo:

—¿Sabe usted que he estado internado en el psiquiátrico?

—Lo sé—le dije, retirándome de manera instintiva un paso hacia atrás—. Pero ¿cómo fue eso? No me has contado nada. Tienes que contármelo todo.

Volví a mi sillón y me serví otro poco de té.

Comenzó a referirme el asunto en un tono más sereno.

—Las cosas se habían arreglado, más o menos. María y yo nos veíamos con menos frecuencia, evitando hablar del asunto, y Kakoulakos estaba otra vez como una seda, preguntándome por la marcha de mi caso. «Venga, chaval. A ver si acabas de una vez con ese asunto. Te necesito conmigo. ¿No te das cuenta?».

—Y tú, ¿le creías?

—Le creía porque parecía que él también lo creía. ¡Ya le he dicho que es un tipo extraño!

—Entiendo—le respondí con condescendencia—. ¿Y de María? ¿Preguntaba algo?

—No. Ni siquiera me preguntó qué era de ella. Sólo que una mañana me dijo: «Venga, ahora que estás soltero, ¿por qué no nos vamos esta noche a tomar unos vinos los dos? Nada de mujeres ni de líos. Nosotros dos, como soldaditos». Recordé que María me había aconsejado que, si me proponía salir, aceptara, que en general no le llevara la contraria. Así que le dije: «¡Pues sí! ¡Por qué no!». Fuimos a una tasca. Al principio, todo muy normal. Kakoulakos hablaba de todo, pero más tarde se puso a criticar la situación política. Decía que las cosas iban de mal en peor, que habíamos llegado a un punto en el que hacía falta un giro de ciento ochenta grados para no acabar todos cayendo en el vacío. «Pero ¡quién gobierna aquí!», decía, «¿ese viejo loco, que no tiene ni idea de lo que se trae entre manos? Parece que se le ha olvidado cómo metió la pata en el 44, cuando por poco nos liquidan los de ELAS...[1] Y, mientras nosotros estábamos en las montañas, ¿qué estaba haciendo él? ¡Limpiándose el culo con papel de Palacio! Otra cosa es que ahora no lo reconozca y que mire a los reyes con mala cara. Que sepas que esto no va a durar mucho. Te lo digo a ti, que sé que te gusta». Y me miraba de arriba abajo. Le di la razón para zafarme de él y se quedó un poco más tranquilo. Después, como yo no decía nada, comenzó a hablar de las mujeres que había en la taberna: que si Fulanita tiene tal defecto; que si Menganita, las piernas torcidas... Y cosas así. Me señaló una pareja que estaba sentada al fondo. «¿Ves a aquélla? ¿La rubia teñida? Le lleva, por lo menos, diez años a él. Seguro que es su chulo. ¡Ahí te quiero ver! ¿Podrías hacer tú lo mismo?». Su lengua no daba callada, y yo lo dejaba hablar, intentando no beber demasiado. Él no se privaba de nada. Al final, se le subió el *retsina* a la cabeza y se desbocó. Empezó a despotricar contra todos los gobiernos: «¡Sólo el Ejército! ¡Sólo el Ejército es capaz!». Pero, después, la emprendió también con el Ejército. Me dijo que hacía seis meses que tenían que haberlo ascendido y que... sabía muy bien por qué no lo habían hecho.

—¿Por qué?—pregunté yo, con curiosidad.

—Por mi culpa. «¡Por tu culpa!», me dijo a la cara, en mitad de la taberna. Me dijo que yo tenía mala fama por mis convicciones; que si jugaba a las cartas, que si leía libros sospechosos, que si llevaba años con la misma mujer sin casarme con ella, y muchas cosas más. «¡Y todo eso me perjudica!», me dijo, dándose golpes de pecho. «¡A mí, que me tienen por tu protector! ¡A mí, que te traje a Atenas a

[1] Ejército Popular de Liberación Nacional (Ελληνικός Λαϊκός Απελευθερωτικός Στρατός): organización militar de resistencia contra la ocupación alemana.

hacer de galán, en vez de dejar que te comieran los lobos y los chacales en Albania!». «¿Y acaso no te comportas como mi protector?», le pregunté, porque me tenía ya al límite. «¡No!», me respondió. «No soy nada tuyo. Y este vino que bebo contigo no es más que un veneno. ¿Acaso te has preocupado tú alguna vez por mí? ¿Me has presentado a alguna de las muchas mujeres con las que andas? ¿O quieres que crea que andas sólo con María? ¡Tienes miles de Marías y lo sabes, casanova!». Estaba como una cuba, y yo me contenía. «¿Acaso me has preguntado alguna vez mi opinión sobre lo que debes votar?», siguió diciendo. «Te vas con Foundoulakis y lo habláis los dos solos. ¿O te crees que no sé lo que decís de mí a mis espaldas? A mí, que soy de Mani de toda la vida, ¿me la vais a dar vosotros? ¡Vosotros dos, y otros listillos como vosotros, me habéis criado la fama que me impide ascender!». Estaba clarísimo que no sabía ya lo que decía; y yo me contenía, porque, si me dejaba arrastrar, podían pasar muchas cosas y, en lugar de ascender, puede que acabara en la cárcel.

»Me aguanté la rabia, pues—continuó diciendo—, y le dije que volviéramos al cuartel. Él vivía allí, yo tenía alquilado un cuarto con uno de mi pueblo. Le ayudé a ponerse de pie, porque no podía sostenerse y andaba dando tumbos y lloriqueando como un crío. "¡La culpa es toda tuya!", me decía, "¡porque vas de guapo y te las llevas a todas! ¿Por qué no dejas alguna para los demás? ¿Es que tanto te cuesta, mierda de donjuán?". Me faltó muy poco para sacudirle. Pero, en vez de hacerlo, lo llevé en volandas hasta un taxi. "¡Si ni siquiera te has podido comprar un coche!", me decía por el camino. "¡Con los olivos y las tierras que tiene tu padre! ¿Estás esperando que te lo compre yo, que nací pobre, encima de una piedra?". Yo me revolvía del cabreo. Lo dejé en el cuartel y seguí para casa. Me daban ganas de arrojarme al vacío, de acabar de una vez con todo y quedarme tranquilo. Me acosté, y toda la noche estuve delirando. Me lo dijo mi compañero por la mañana.

Vi cómo le temblaban las manos mientras encendía un segundo cigarro.

—Aquella mañana—prosiguió—me fui al servicio como de costumbre. Yo estaba pálido como una vela, y me lo encontré sentado en su despacho, con las piernas cruzadas, como si no pasara nada. Como si todo lo que había dicho la noche anterior se hubiera esfumado por completo, como la borrachera. A decir verdad, se le veía más sobrio que nunca. «¿Por qué llegas tarde?», me preguntó. «¡Lo sabes de sobra!», le respondí. «¡Saluda bien y trátame de usted!», me dijo. «¡Estás en el Ejército, no en una taberna!». Me volvía loco la flema con la que lo decía. Me senté en un rincón. «¿Qué haces ahí pasmado?», me espetó. «¿Por qué haces esperar a los quintos?». Yo estaba encargado de la instrucción de los reclutas. Era una labor que compartía con Foundoulakis. Él los instruía en el manejo de la artillería pesada y yo me ocupaba de los asuntos de intendencia, del rancho y de la disciplina. «Hoy no puedo», le dije, «voy a pedir la baja médica. Necesito volver a casa. Solicito su permiso». «Tú no vas a ningún sitio. Te quedas ahí donde estás y luego te las arreglas como puedas para hacer tu trabajo. ¿No me ves a mí?». Se puso muy firme en su escritorio. «¡Y tú eres el que andas pidiendo ascensos y pollas! ¿Eso es lo que te han enseñado en la Escuela? ¿Un traguito y te rindes? ¿Qué coño eres, una damisela? ¡Pobres de quienes les toque un capitán de tres al cuarto como tú!». Me temblaban las piernas. No dije nada y me preparé para marcharme. Me detuvo en la puerta. «Y escucha lo que te voy a decir: si te portas bien (y ya sabes tú a lo que me refiero), hablo otra vez con Mavrokefalos para que te haga el favor. No por nada, sólo por ver si así cambia de parecer tu mujercita y vuelve a ti». Iba a cortarle, pero siguió diciendo: «¡Venga, hombre! ¡No disimules más, que ya sé que te dio calabazas! ¡Y qué más dará, ni que fuera la única mujer sobre la tierra!». Estuve a punto de sacudirle. Debió de darse cuenta, porque reculó un paso. Se puso pálido por un momento. Y entonces, de repente, me quedé en blanco, señor magistrado. Caí desmayado ahí mismo, y me desperté ya en el hospital.

Creo que le vino bien contármelo. Se había desahogado. Me miraba ya más tranquilo, con más confianza, como si supiera de antemano que le comprendería y le daría la razón.

Me había quedado sin palabras.

En aquel momento, Sofía abrió la puerta para retirar las tazas, pero algo en mi cara le hizo cambiar de opinión y la volvió a cerrar, sin hacer ruido.

—Y encima—intenté decirle con serenidad—tratas de convencerme de que Kakoulakos es sólo un tipo un poco raro, ciclotímico o qué sé yo. ¡Ese tipo—le dije con rabia—es un monstruo!

Quiso reaccionar, como lo hubiera hecho en el pasado, pero no pudo. No encontró fuerzas y bajó la cabeza.

—¡Pero dónde has ido a meterte!—le dije, cabreado—. ¿Y todavía quieres volver con esa gente? ¡Que les zurzan!

Me miró con la cara de un niño al que han cogido en una travesura.

—¿Se pone usted del lado de María?

—¡No me pongo del lado de nadie!—dije secamente—. ¡Me atengo a la verdad!

Me había quedado parado en mitad de la sala, como golpeado por un rayo.

Era como si toda la verdad me hubiera sido revelada, horrenda, en toda su magnitud, como un cuadro del Bosco con todos sus conjuros. No se trataba más que de una camarilla de tipos sin conciencia que había caído sobre él, ahogando en ese cuerpo de hombre su alma de niño. ¡Era lo último que imaginaba! Yo había llegado a pensar que, al fin y al cabo, se trataba del Ejército, donde imperaban una disciplina y una jerarquía, y que no había que descartar que el capitán se hubiera visto arrastrado a cometer alguna fechoría; de poca monta, claro está, pero intolerable a los ojos de la disciplina militar asumida. Pero no: tenía ante mis ojos la imagen de un hombre totalmente abatido, al que habían llevado hasta los límites de la humillación. De un hombre insistente, inestable tal vez, quizás algo ingenuo, pero en el fondo íntegro y moral, que tenía que vérselas con gente medio loca y de muy mala entraña. ¡Y a saber cómo sería ese tal Foundoulakis en el que confiaba! ¡No me extrañaría nada que estuviera compinchado con el propio Kakoulakos! ¿Y el otro, Mavrokefalos? ¡Ése era un canalla redomado! Me lo olía sin necesidad de saber más de él. Porque él era el listo de la banda y los tenía a todos bailándole el agua. No pensaba más que en manipular a la gente para sacar tajada de ello—porque, con el puesto que tenía, seguro que movía dinero—y en aprovecharse de las mujeres. El otro, Kakoulakos, aunque fuera un monstruo, en el fondo era un pringado, con todas las miserias de la fealdad y la pobreza, y sin virtud ni cualidad alguna. Otro tipo de víctima, pero víctima, en el fondo, como mi capitán.

Conseguí, sin embargo, contenerme a tiempo. Me dije que no, que si seguía así corría el riesgo de no culpar a nadie más que a la plana mayor del Ejército. De decir: todos ésos están libres de culpa, la culpa es de los mandos. Y no quería llegar tan lejos. No era ésa mi misión. Teniendo ante mí a un gusano como Kakoulakos y a un capitán al borde de una crisis nerviosa que iba a llevarle al manicomio, no podía quedarme en generalidades. Tenía que ocuparme de esos casos concretos. Que hacerles frente. Al uno tenía que aplastarle como se merecía; al otro tenía que levantarlo, que salvarlo, mientras aún quedara tiempo. Me acordé entonces de la invitación que me había hecho mi amigo, el profesor K. Aún campanilleaban en mi oído sus últimas palabras: «A ti, en especial, te interesaría venir». «Debí haber asistido», me dije. «Debí haber conocido a aquel coronel y haberle hablado del asunto. Tal vez entonces hubiera conseguido algo bueno para el oficial».

Mientras estaba en estos pensamientos, el capitán me observaba con inquietud, como si de repente se hubiera olvidado de todo y estuviera pendiente tan sólo de mi preocupación. Tenía una mirada limpia. Su frente, pese a las nuevas arrugas, era un blanco horizonte que aguarda la salida del sol.

Me dirigí a él, muy enojado ya.

—¡No lo dudes! ¡Vas a pelearlo! ¡Vamos a pelearlo juntos, hasta el final!

Entonces se puso de pie. Era el propio sol que estaba amaneciendo. Su rostro había recobrado sus rasgos, alterados momentáneamente por la tristeza y la preocupación. Brillaba de nuevo, y me tomó la mano.

—Estaba seguro—dijo, visiblemente emocionado—, desde el primer momento en que le vi, de que había encontrado a mi ángel.

Fue como si me dijera que no tenía a nadie más en el mundo. Si me hubiera aproximado a él, se hubiera lanzado a abrazarme.

—¿Y María?—dije con esfuerzo, tratando de zafarme.

—María acabará entendiéndolo también. Tiene depositada en usted una confianza plena.

El capitán volvía a verlo todo color de rosa. Con su prístino esplendor. Mi corazón latía de verdad, como hacía tiempo que no lo sentía latir.

—La cuestión es que María tenga confianza en ti. Y, en lo que a mí respecta—le dije—, deja ya de confiar tan ciegamente en las personas. ¡Cómo puedes saber quién soy yo en el fondo!

Retrocedió un paso, pero no se rindió.

—Si no lo sabe usted—me dijo—, lo sé yo. Ya me he dado cuenta.

En aquel momento, sentí que mi relación con aquel hombre había alcanzado su cima.

—¿Sabes?—le dije con un último esfuerzo—. No voy a retenerte más. Me gustaría, pero tengo un montón de trabajo pendiente.

Me temblaba un poco la voz.

Noté que se quedaba mirándome. Le brillaban los ojos, algo iba a decir, noté cómo sus labios le latían. No los había visto nunca así. Como si desearan más que nada el beso de un padre, de un amigo, de un amante. Eran labios de antigua estatua griega: de un *kouros* golpeado que yacía en el suelo.

«¡Dios mío!», dije para mí, como si rezara.

En aquel momento, la puerta se abrió y apareció Sofía.

—¿Ha llamado usted?—preguntó la anciana.

Se había detenido en el umbral de la puerta, con el delantal de cocina y sus cabellos blancos recogidos en un moño. Me miraba a los ojos.

Y entonces, como si me hubieran tirado un cubo de agua fría a la cara, señalé en silencio hacia el capitán.

Sin decir palabra, ella cogió su abrigo y le ayudó a ponérselo.

Todos estábamos pálidos, como si nos hubiéramos levantado de un lecho de enfermo.

Los acompañé a la puerta de entrada y me quedé mirándolos. Algo le decía la anciana, y él, como si de repente se hubiera olvidado de todo, le respondía con ese tono descuidado con el que solía tratar a la gente.

—¡Y cuídate! ¡Abróchate bien, que hace frío fuera!—la escuché decir con su voz cariñosa y, al mismo tiempo, un tanto severa.

Nos quedamos solos.

Yo, supuestamente, revisando un expediente; Sofía, preparándome algo caliente de comer. Llegaba, desde la cocina, el ruido de los cacharros, y sentía crujir los pliegos en mis manos, inútiles y ajenos. ¡Cuánta banalidad! Mi mente se alejaba galopando al tiempo inopinado de la juventud, cuando no había profesión ni sociedad que me impidiera hacer aquello que quería. ¿Qué sentía? Me parece que lo había olvidado. Más aún: que lo había perdido.

—Ese muchacho está un poquito loco—me dijo Sofía mientras me servía un caldo de carne con patatas cocidas—. Y está haciendo que usted se vuelva un poco loco también.

Se había parado junto a mí y su sombra caía en la sopa.

—Está bien, Sofía. No exageremos—dije, como insinuándole que se callara.

—Es buena persona—insistió mientras se secaba las manos en el delantal—, y hace usted muy bien en ayudarle. Pero cuídese un poco.

No dijo nada más. Me quedé en la habitación con todas las luces apagadas, salvo una pequeña lámpara de mesa.

Mi mirada vagaba por los cuadros —éstos que ves aquí, sin contar ese marco pequeño—y se deslizaba por el lomo de los libros y los discos, que todos estos años me habían hecho compañía en pugna desigual con los seres humanos. ¿Qué deseo tenía mi alma esa noche? ¿Virgilio, Dante o Kavafis? ¿La cantata de Johann Sebastian *Oh, eternidad, tú, palabra de trueno* o el divertimento de Mozart K. 136? Y ese estuche con las sinfonías de Chaikovski no dejaba de ser una tentación...

Pero estaba cansado y taciturno. Y, en tales momentos, lo único que un hombre desea es reposar y cerrar los ojos.

Y eso fue lo que hice.

19

No voy a cansarte con detalles superfluos.

Era la primavera de 1965. Todo estaba verde y exultante. Las caras y las bocas de la gente, en continua euforia; incluso algunos compañeros que hasta entonces habían evitado siempre inmiscuirse en la política hablaban también de esos temas.

—¿Has leído *El Día*?—me preguntaba el vocal V., tensando sus lujuriosos labios y tirándome de la manga mientras nuestra Musa se afanaba en aprestarnos nuestras togas en el guardarropa.

—No. ¿Qué dice?—le respondía yo.

—Habla del sabotaje a la unidad del río Evros. ¿Qué tienes que decir sobre el asunto?—Y se quedaba mirándome, como dando por sentado que, en cuestiones militares, yo era toda una autoridad.

—Algo huele a podrido en el Reino de Dinamarca—aseveraba, sin inmutarse ante la mirada fulminante de la señora Melpómene—. Y ese famoso teniente coronel que lo denuncia (ese que tiene nombre de marca de galletas, ya sabes quién digo: el que fue juez militar en el caso de Beloglannis), no me gusta nada lo que está haciendo.[1] ¡A ver adónde va a parar todo eso!

Le respondí que a mí tampoco me gustaba nada el asunto y que no entendía por qué se empeñaban en desenterrarlo en ese momento.

[1] Se trata de Giorgios Papadopoulos, que sería después dictador durante la Junta de los Coroneles.

—Veréis—intervino el vocal G., limpiándose los lentes en un pliegue de la toga—. Veréis cómo Papandreou, en vez de sacarlo del Ejército, le premiará con un ascenso. Y tu capitán, tu apuesto capitán, ¿qué te dice de todo esto?

«Ya ves—me decía para mis adentros—que, en esta sociedad, es imposible que algo permanezca en secreto. ¡Hasta el calificativo del demandante era ahora *vox populi*!».

—Hace mucho que no lo veo—dije vagamente, cambiando de tema.

«¿Por qué?—me preguntaba por las noches, sentado en mi despacho frente a su expediente abierto—. ¿Por qué habrían relacionado al capitán con aquel asunto? ¿Es posible que tuvieran razón? ¿O acaso no era más que una tendencia a hablar de política, como la de los militares a meterse en asuntos ajenos?».

La primavera no tardó en extinguirse y el verano llegó, caluroso y pesado, al menos para los que tenían que quedarse en la ciudad. Las conversaciones de política en pasillos y despachos no eran ya algo latente, sino una epidemia desatada. En vez de hablar de cuestiones jurídicas, nos enzarzábamos en interminables pláticas sobre la visita del primer ministro a Corfú, donde se había entrevistado con Constantino, al hilo de la correspondencia que habían estado manteniendo y que alimentaba la imaginación alumbrando variadas conjeturas.

—Verás como ahora empieza la cuenta atrás—murmuraba el vocal V., despegándose la toga de la camisa—. ¡Quién se ha creído éste que es! ¡Un malcriado! ¡Pablo nunca se hubiera atrevido a hablar en ese tono!

—*N'oubliez pas*—susurraba, tras sus gafas de miope, el vocal G.—. ¡La realeza no debe verse afectada!

—Tenemos otros temas que nos atañen más—apostillaba el magistrado D.—. ¿Y bien?—dijo, volviéndose hacia mí—. ¿Para cuándo es el juicio del capitán?

Me pareció oír entonces algunas risitas en el guardarropa, pero puede que fueran imaginaciones mías.

Cuando, poco después, recibí una mañana la llamada del capitán, ya estaba en situación de anunciar la fecha.

—Tal día de este mes—le dije, aliviado—. Un poco de paciencia y habrá pasado todo.

—Muchas gracias, señor magistrado—le oí decir, inquieto.

—¿Qué te pasa? Pareces intranquilo. ¿Sucede algo?

Yo también me había inquietado un poco.

—No es nada—me respondió con ese desenfado de siempre, que tantas veces lograba transmitir su angustia al interlocutor—. No es algo que me afecte de forma personal. Además, pronto se enterará por los periódicos.

Colgamos el teléfono.

Por las noches, encerrado en mi despacho, repasaba el expediente. Intentaba penetrar en el significado profundo de las palabras y abrir una puerta tras ellas. Solía conseguirlo con muchas, pero había algunas que se resistían y evocaban tan sólo su imagen en mi mente. Yo trataba de mantenerla radiante, como había sido siempre, pero a veces ella misma perdía su lustre, como empañada por una nube o una bruma marina.

«¡No, no es posible!—me gritaba a mí mismo—. ¡No es él, tiene que ser otro!».

La noche de la víspera del juicio, sonó el teléfono. Sofía no estaba y tuve que dejar el expediente para levantarme a cogerlo.

—¿Diga? ¿Quién es?

Había un caos en la línea, silbidos arrastrados y ruidos lejanos de ciudad, y algunos silencios también, como si mediase entre el desconocido que llamaba y yo una distancia sideral.

—¿Diga?—insistí—. ¡Hable más alto! ¡No se le oye!

—Quería decirle—afirmó una voz muy ronca—que es un esfuerzo vano.

Había empezado a molestarme.

—¿Qué es lo que desea? ¿A qué número ha llamado?

Se dejaba sentir en la voz, junto con la ronquera, cierto tono de amenaza.

—Se equivoca—dije—. Se equivoca de número—repetí, dispuesto ya a colgar.

—No me equivoco—afirmó con indolencia la voz que provenía del laberinto de las líneas—. Debe usted saber que no vale la pena porfiar. Lo sabe, en realidad, mejor que yo.

—¿Quién habla?—grité enojado ya.

Pero habían colgado.

—Ayer gritaba usted en sueños—me dijo Sofía a la mañana siguiente, dejando caer el periódico sobre la mesa del desayuno.

Kathimerini publicaba a toda página la noticia del interrogatorio de oficiales del Ejército, acusados de maniobras de conspiración bajo el nombre de Escudo.[1]

—Aquí tiene—dijo Sofía, mirándome con preocupación—. ¡Ha acabado pasando lo que se temía el capitán!

Eché mano al sombrero y corrí hacia la puerta.

—¡Su desayuno!—vino gritando Sofía tras de mí.

Sentado en el asiento trasero del coche, me abandonaba a las imágenes de mi recorrido habitual. Aquella mañana, a

[1] Como se reveló más tarde, el escándalo conocido como operación Escudo (Ασπίδα) tuvo su origen en un montaje orquestado por algunos mandos militares—Giorgios Papadopoulos, entre ellos—para inculpar falsamente al Partido Comunista de Grecia (KKE) de maniobras de sabotaje en equipamientos del Ejército griego. A raíz de ese episodio, algunos soldados fueron injustamente acusados, detenidos y torturados.

través del cristal, los movimientos de los transeúntes parecían especialmente monótonos y espasmódicos. El sol se reflejaba en las fachadas de los edificios, exonerando a las columnas de todo peso material y haciendo parecer de papel los tejados, como si todo fuera un escenario de teatro. Todo era tal como lo conocía, pero todo parecía cambiado. En la plaza de Kolonaki, en su isleta que entonces llamaban «el bidé» y que ahora ya no existe, varios trasnochadores, pálidos como la ceniza, apuraban los posos del café. Junto a la sede del Consejo Británico, el portero de una finca sacudía con furia el felpudo del portal. Las motas de polvo se dispersaban en todas direcciones, enturbiando la proverbial claridad del Ática, como si una nube de polución urbana se hubiera levantado antes de tiempo. Y, al girar en la calle Koumpari hacia la avenida de la Reina Sofía, el edificio del Antiguo Palacio apareció ante mí, totalmente expuesto, con sus antefijas como almenas, su bandera ondeando al viento y sus ventanales rectangulares alineados sobre las columnas de los propileos del Parlamento.

En un momento dado, el agente de tráfico de la avenida nos ordenó parar. No sabía si había pasado algo o si los semáforos habían dejado de funcionar. Y allí como estaba, sentado solo y en silencio en el asiento trasero, me vino de repente a la memoria la primera escena de una película de Fellini. Tenía el mismo sentimiento de asfixia que el protagonista, el mismo impulso de salir por la ventanilla y de encaramarme en el techo del coche. A nuestro alrededor, todos tocaban el claxon atronadoramente.

—Alguna manifestación—me informó, con tono monótono, la voz de mi chofer.

El guante blanco del policía señaló hacia nosotros y el coche arrancó de un tirón que me hizo rebotar hacia delante. Sentí un revolcón en el estómago, un acceso de vómito.

Ya avanzaba despacio por el pasillo de nuestra planta cuando el magistrado E., elegante, con su raya impecable en el pelo y su nariz de pico de loro, se acercó por detrás y me cogió del brazo.

—Seguro que ya lo habrás leído—me dijo, camino los dos del guardarropa—. A mí no me cabe la menor duda de que todo ese asunto del Escudo no es más que un montaje.

—Y esa implicación del hijo de Papandreou, ¿qué opinión te merece?—decía el vocal V., con sus labios voluptuosos, mientras nos vestíamos juntos—. He oído que padre e hijo están en desacuerdo.

La señora Melpómene me recomponía la toga, y yo trataba en vano de recomponer mis pensamientos. El caso del capitán era el primero en el orden del día.

Entramos en la sala, la mitad por la puerta derecha y la otra mitad por la izquierda. Las mismas personas y preparativos, la misma sala y, cómo no, la misma e invariable argumentación. Porque, en este punto, debo confesarte que, por mucho que indagué en el caso del capitán, muy pocos argumentos nuevos pude descubrir en la resolución del Consejo de Ascensos.

Pero ¿cómo convencerles del proceder de Kakoulakos y de cada Kakoulakos? ¿Cómo describirles lo que ocurría en el Ejército? ¿Cómo hablarles de los obstinados Mavrokefalos que tenían en el cepo al capitán? Hice referencia indirectamente a situaciones que todos conocían, a los hechos recientes que en los últimos días habían sacudido el país y que atañían al seno del Ejército, tratando, de ese modo, de suscitar la alarma. Traté incluso de darles a entender lo que significaría una nueva evasiva de la Administración, amparada en nuestro veredicto favorable.

—Porque se trata de una evasiva—enfaticé—. La cosa está muy clara. Las denegaciones de ascenso del capitán habían sido todas declaradas nulas, por lo que resultan inexistentes.

El presidente me escuchaba impertérrito. Tras sus lentes bifocales, su mirada era la de un difunto. El resto de los miembros movían de vez en cuando la cabeza, como ratificando lo dicho.

El único que parecía vivo era el demandante. Estaba sentado en frente, en primera fila, con la mirada puesta en mí. Una mirada que no tenía nada de triunfal. Tal vez expresara un convencimiento, pero un convencimiento loco, próximo ya a la desesperación. La rabia del débil que no puede escapar al revés del destino. Adusto y oscuro, brillaba con luz negra. Asimismo, a su lado, el asiento que solía ocupar una mujer vestida de negro estaba ahora vacío. Faltaba María. Y eso hacía que se aferrase aún más a mí. Sentía que sorbía cada una de mis palabras y que le conmovía cada frase que yo culminaba. Dudo si alcanzaba ya a captar su sentido. Mi sola presencia y el tono de mi voz lo tenían postrado. Parecía un hombre encerrado, que se da cabezazos con fuerza contra la pared. Me asustaba verlo así. Veía también las miradas de los otros jueces posarse sobre él, como si fuera un raro espécimen animal, traído a la sala para ser exhibido. El demandante se convertía ahora en acusado. Eso era lo evidente; lo demás eran todo palabras, solamente palabras.

Desde el silencio de la sala, pude oír un teléfono lejano. Era la primera vez que oía sonar un teléfono durante una sesión. Sonaba de manera insistente, amenazadora; se diría que había dos locos en el juego: uno que había decidido no cogerlo y otro resuelto a seguir insistiendo. Nadie en la sala parecía haberse enterado: todos me miraban y me escuchaban como hipnotizados. Dije algunas cosas más, ya de poca importancia, y terminé mi intervención sumido en la depresión más honda que había conocido en mi carrera.

En el pasillo, me estaba esperando el capitán.

Me dio las gracias una vez más. Me estrechó la mano de un modo apasionado, con una fuerza desmedida, como si tratara de eternizar ese gesto que, tal vez, era la única forma de comunicarse que le quedaba. Lo vi alejarse por el largo corredor, que entonces parecía un campo de minas, con su consabido paso firme, con una disciplina imaginaria que él mismo trataba de imponerse. Me parecía que, de un momento a otro, lo vería caerse para no levantarse jamás. Casi me arrepentía de todo lo que acababa de decir ante el tribunal. Ya no creía en el caso del apuesto capitán. Resultaba evidente para mí, e imagino que debía de serlo también para los otros.

20

Durante el resto de los días de aquel verano de 1965, tuve la impresión de que me seguía una sombra. Alguien que había dejado de ser joven sin llegar a madurar del todo, que había salido de las filas del Ejército sin convertirse aún en un civil. Cada vez que aparecía—en los momentos más inesperados, mientras examinaba un expediente o departía con algún colega—, me embargaba un sentimiento de tristeza y un miedo, también, que nunca supe explicar. Unas veces, tenía la impresión de que ese hombre era portador de un secreto que me incumbía; otras, me parecía que estaba tratando con un mero interno del manicomio y corría a escudarme en el primero que veía cerca.

—Anoche volvió usted a gritar en sueños—me dijo una mañana Sofía, al servirme mi té con tostadas—. Quise despertarle, pero usted no se daba cuenta. ¡Y coma algo—añadió—, que últimamente se va siempre en ayunas!

—No te preocupes—le dije, tomando un sorbo reparador—, sería alguna pesadilla. Ya ha pasado.

Una tarde, a mediados de julio, sonó el teléfono. Lo descolgué con un mal presentimiento. Había mediado la dimisión de Papandreou y corrían rumores de que un grupo de diputados—los que luego pasaron a la historia como apóstatas—se disponía a recabar del Parlamento un voto de confianza. Era el magistrado D.

—Buenas tardes—me dijo—. Espero no haberte asustado.

Adivinaba, a través de la línea, sus rasgos adustos y sus sienes grises.

—No, pero dime qué pasa—lo apremié, pues era el mismo que me había anunciado el asesinato de Lambrakis.

—Esta tarde, la policía ha cargado contra los estudiantes. La manifestación salió de la universidad hacia el Parlamento, pero acabó muy pronto en una reyerta. Tienes que ver cómo ha quedado la calle del Estadio. ¡Irreconocible! Cristales rotos, barricadas, heridos...

—¿Ha pasado algo más?—pregunté, sospechando que no era solamente ahí adonde él quería llegar.

Carraspeó dos veces antes de responderme.

—Frente al hotel Hesperia—me dijo—, han matado a un joven.

Me quedé callado.

—Ha muerto por los gases—me dijo—. Aunque otros dicen que ha sido a porrazos.

Todas las palabras se habían desvanecido y retenía sólo una: joven. La veía ante mí escrita en letras rojas, como una consigna pintada en la pared de mi casa.

Comentamos algunas cosas más y colgamos.

—¿Qué ha pasado?—preguntó Sofía, al servirme la cena. Tenía las orejas levantadas, como si fuera el perro de la casa.

Se lo conté en pocas palabras.

Seguí comiendo, en un ambiente pesaroso.

—¡Era de esperar!—dejó caer Sofía en una de sus idas y venidas a la cocina—. Con esa gente que nos gobierna, que no tiene vergüenza, ¡es de esperar que termine muriendo algún joven!

Encendimos la radio para escuchar el parte de las doce.

Las noticias hablaban de enfrentamientos entre policía y estudiantes. De muertos, ni palabra.

—Puede que no sea cierto—me dijo, albergando una loca esperanza.

Nos miramos, y, transcurrida una fracción de segundo, los dos concluimos que era verdad.

—Que descanse usted bien—me dijo al darme las buenas noches.

Esa noche soñé con el capitán. Iba vestido de uniforme, como hacía tiempo que no lo veía, y estaba muy guapo, con un bigotito rubio que le había salido de repente, y andaba, rutilante, por el Jardín Nacional, acompañado de una joven que no era María. Era una muchacha muy fea, que no le pegaba nada, pero que él llevaba bien cogida de la cintura. Estaba mirando hacia el edificio del Antiguo Palacio, concretamente hacia el segundo piso. Una bandera a media asta ondeaba en las almenas. En cuanto se percató de mi presencia—pues, por alguna razón, también yo estaba en el jardín—, dejó a la chica y corrió hacia mí, gritando: «¡Hemos ganado, señor magistrado! ¡Hemos ganado!».

Entonces me desperté.

Bien pensado, no habrían pasado ni quince días—ya se había constituido el primer Gobierno de los apóstatas—y, en los insoportables calores de julio, nuestro tribunal declaró nula la sentencia de la Administración militar por tercera vez.

Por tercera vez, el capitán recogió la sentencia y se fue. ¡No veas su alegría! Era el triunfo de una venganza, un despliegue de demonios encerrados en su alma. Era como si Némesis descendiera a imponer su castigo. Agarró la copia de la sentencia, resuelto a estrellársela en la cara a los otros. Ya no se aguantaba. Estaba claramente fuera de control. Al pasar frente a la Secretaría, se detuvo un momento para hacer ondear el documento a la vista de nuestro senador. Pude ver cómo ella perdía el color y se le quedaba cara de limón. Yo también me alegré. Al fondo, algunos oficinistas revolvían en sus papeles, y Gamilas, cargado con una pila de expedientes, arrastraba azorado sus pasos. Se rio de ellos a la cara y siguió avanzando por el pasillo, que ensombrecían, como grandes lámparas de araña, los nubarrones de una amenazadora tormenta de verano. Esa vez sí que se comportó con poca disciplina. Enfundado en su traje de civil, ya nada recordaba en él al capitán con el que yo me había cruzado años atrás, en ese mismo pasillo de la Corte Suprema. Su mirada tenía ahora algo estático, su pelo había crecido y su paso era el de un bebedor. Sin embargo, pese a todo, milagrosamente, seguía siendo apuesto.

Se diría que los dioses que le habían concedido ese don seguían otorgándole el privilegio de la belleza, como una última gracia tras una demanda interpuesta por su parte. Que aún tenía derecho a abandonar a Perséfone y volver, por un tiempo, a Afrodita. Porque tendría entonces treinta y tres años—o, como mucho, treinta y cinco—, si no me equivoco. La misma edad que tú.

21

Me había cogido las vacaciones de verano. En lugar de irme a una isla cercana—como Poros o Egina—, esa vez opté por los baños de Hipate. Un dolor insistente en las articulaciones tomó la decisión por mí.

Sentado largas horas en un hotel de dudosa pulcritud, me entretenía con el *komboloi* mientras observaba a señoras orondas y a viejos obesos jugar a las cartas. Un camarero joven de mechones rubios servía zumos fríos de limón y cereza, asfixiado en su uniforme blanco. Moscardones gordos de agosto revoloteaban en el aire hasta posarse finalmente sobre algún resto de comida o unos granos de azúcar derramados. Nubes de una tormenta que no acababa de descargar vagaban indolentes por el horizonte. Abrí el periódico y lo dejé caer en el regazo: el segundo Gobierno, el de Tsirimokos, se había disuelto, y el tercero, con Stefanopoulos a la cabeza, había prestado juramento.

«¡Póker de ases!», oí decir a una voz en la mesa de al lado. A lo que otra respondió: «¡Escalera!». Y unas risas invisibles sacudieron el verde tapete de fieltro.

Quince oficiales, entre ellos el coronel Papaterpos, eran remitidos al Tribunal Militar de Atenas para ser juzgados por delito de conspiración en el seno del Ejército. El nombre de Papandreou, hijo, aparecía referido también.

—Una limonada—le pedí al camarero, que cruzaba por mi lado—. Deprisa, por favor. —Y me quedé mirando los mechones rubios, que ondeaban al viento de los ventiladores.

En alguna estancia del hotel, una radio ronca retransmitía las consabidas visitas de las autoridades políticas y la realización de maniobras militares, en una de las cuales un pequeño caza había caído, llevándose consigo la vida del piloto. Una señora de pestañas cargadas y abanico en la mano me hacía señas desde lejos. Debía de ser la señora de algún exdiputado o director de banco, pues su fisonomía me resultaba ligeramente conocida. Volví a levantar el periódico. Seguí moviendo el *komboloi* y mirando al vacío. Por las noches, y por primera vez en mi vida, bajo la horrible luz del cuarto del hotel, me di a la lectura de novelas policíacas.

A mediados de septiembre, ya había regresado al servicio.

Los encontré a todos en forma, tostados por el sol, más dispuestos que nunca y ávidos de conversación. En aquella ocasión, el asunto del capitán había comenzado a comentarse abiertamente, tanto por su contenido jurídico como por ser un caso que estaba tornándose muy particular. ¿Qué haría ahora la Administración? ¿Insistiría o se retiraría? ¿Se eternizaría el rifirrafe o llegaría de una vez a su fin? ¿Hacia dónde se inclinaría finalmente la balanza? Interrumpían las conversaciones sobre el capitán para pasar a hablar de los apóstatas y de la nueva Obstinación del Viejo Papandreou, como si ambas cosas les incumbieran al mismo nivel.

—¿Habéis oído lo que dijo ayer el Viejo?—preguntaba por los pasillos el magistrado D., con sus plateadas sienes—. «La Unión de Centro se rompe por la cumbre, pero se fortalece y agiganta por la base». ¿Qué te parece eso?

—Si me permites que te lo diga—respondió el magistrado A.—, me parece una frase tan bonita como hueca—apostilló, atusándose su venerable cabellera.

El único que no participaba era yo. El que tanto se había interesado en el Ejército callaba ahora. Por el contrario, los que habían callado durante tanto tiempo ahora andaban muy locuaces. Una casa de apuestas parecían ahora los pasillos, donde todos entraban al «¿quién da más?».

—¿Cuánto crees que va a aguantar Stefanopoulos?—decían los anchos labios del vocal V.—. ¡Yo no le doy ni seis meses!

—¿Tú qué crees?—preguntaba el magistrado E., con su aguileña nariz—. ¿Lo volverán a poner o harán que dimita de nuevo?

—¿Y cómo va a reaccionar?—observaba, encendido detrás de sus gafitas, el vocal G.

Y yo ya no sabía de quién hablaban. ¿Del presidente del Gobierno o de un capitán? Parecía que, en su interior, había resucitado de repente el Hipódromo Romano. Deseaban, estoy seguro, más apóstatas, como deseaban también una nueva insistencia de la Administración y como deseaban, más que nada, un nuevo estallido del capitán, del indisciplinado capitán, para poder saciar sus ansias. Querían víctimas, víctimas sangrientas.

Puede que exagere. Tal vez esté siendo injusto con algunos de mis compañeros que mostraron interés y probidad, incluso sabiduría. Sin embargo, algo oscuro se dejaba sentir a mi alrededor, en esa sociedad de la que yo no era más que un individuo; estaba apareciendo un nuevo *modus vivendi*, en el que, sinceramente, me sentía extraño e incapaz de tomar parte.

Lo veía a diario en la calle, con disturbios de estudiantes cada vez más frecuentes, movilizaciones de trabajadores de la prensa, de la construcción; lo veía en los enormes edificios que comenzaban a proliferar arrojando su sombra sobre las casas de Atenas, esas que habían sido construidas antaño, con esmero, a la medida de esta tierra del Ática; los edificios de vecinos, en cambio, tenían algo de insaciables, sentían que no habían sido levantados con un sudor limpio. Algo sucio había también en las calles en las que, cada día, se hacinaban las falanges de transeúntes venidos de provincias y de automóviles que no paraban de salir de fábrica, con nuevos modelos, como tratando de superarse unos a otros en una desigual carrera. Y estaban también las falanges de los políticos, que se sucedían unos a otros habiendo perdido las formas, de centro o de derechas, como si su único interés no fuera otro que el de hacerse con el poder para ganar dinero. A mí todo aquello me parecía un vano intento de sustraernos a un destino que campeaba ya por el país. Entretanto, los de Palacio callaban con desprecio, al tiempo que un ensordecedor silencio se dejaba sentir en el Ejército.

22

Aquella mañana, sería ya el otoño de 1966, me entretuve por los pasillos antes de llegar a mi despacho.

—Ayer, en la recepción, brillaste por tu ausencia—oí que decía el vocal G.

A lo que el magistrado E., guiñando el ojo, respondía:

—¡Quién sabe de qué dama o caballero prefirió la compañía!

Los vi alejarse entre risitas por el pasillo, atusándose las gorgueras, de un blanco reluciente entre los terciopelos, como figuras de las obras de Molière. (¡Qué ridículas me resultaban ya esas togas!). Sentí en el pecho la presión de una tristeza que no supe bien a qué atribuir.

Me detuve a la puerta de la Secretaría y eché una ojeada, como de costumbre.

—Buenos días, señor magistrado—escuché decir a la voz de Fone—. Pase, por favor, tengo algo para usted.

Estaba acostumbrado ya a las rarezas de la solterona y pasé al interior, mirando a los empleados, sin darle mayor importancia.

«Buenos días, señor magistrado», le oí decir a algunos, mientras había quien se reía y quien le daba la vuelta a los cuños.

—Tome asiento—me dijo el senador—. Tenga la bondad de sentarse un momento, senor magistrado.

Me avine a lo que me pedía.

Una nueva solicitud de anulación había sido presentada por el capitán en las oficinas de la Secretaría. La cuarta. El dios de la burocracia—la señorita Fone—me la mostró con aire triunfal.

Me había puesto las gafas y la estaba examinando en silencio. Nadie decía nada.

—¡Ya ve, pues—rompió el silencio el senador—, hasta dónde hemos llegado!—Y, haciendo a un lado sus papeles, desplegó ante mí el ejemplar de *Kathimerini* que tenía doblado.

En primera página, a toda plana, se había publicado la sentencia del Tribunal Militar sobre el caso Escudo. Dieciocho oficiales habían sido condenados a penas mayores y el fiscal se había puesto en guardia.

—Dios castiga—sentenció, lacónicamente, el senador.

En los despachos adyacentes, algo se les oía murmurar a los oficinistas, asomados y lanzando miradas furtivas hacia donde yo estaba. Afuera hacía, una vez más, un día soleado, cegador.

No sé qué dios o qué demonio sería el que le dio la fuerza a esa mujer para expresarse de ese modo estando de servicio. Ahora, que ya llevábamos seis años con el caso del capitán, estaba más fea que nunca. Con su nariz de pincho, sus ojos rasgados como grietas del Hades y aquella peluca abultada en la cima, donde se apilaban, como en el monte Tabor, los recursos de los demandantes.

No le dije nada y fui a encerrarme a mi despacho. Estaba casi seguro de que, de no ser ese día, uno de los próximos recibiría la visita del capitán. Durante todo ese tiempo, habíamos mantenido sólo contacto telefónico, y me había cuidado de que nuestras conversaciones no excediesen el ámbito profesional. No permitía, en absoluto, que se volvieran íntimas, llevado por el miedo a tener que afrontar su efusividad, su inclinación por mí y una indisciplina que había acabado estallando, había derivado en altanería y alcanzaba ya la cota de una desesperación triunfal. Era como si, entre nosotros, existiera ya un código. Así que, cuando una mañana oí que llamaban a mi puerta, supe que era él.

¡No esperaba, no obstante, lo que tuve que ver!

Un hombre encorvado, con el mismo traje gris (lleno ya de arrugas y de manchas), avanzaba fatigado hacia mí, con las sienes grises también y con una mirada sumisa. Era como si las condenas de los oficiales que acababan de ser anunciadas hubieran recaído de golpe todas sobre sus hombros, abrumándolo sin piedad. Caminaba sin ganas hacia mi mesa, como si mediara una enorme distancia entre nosotros. Era tan lento y luctuoso su paso que, sin proponérmelo, salí a su encuentro para acortar la distancia y aliviar el esfuerzo que le requería recorrerla. Sin quererlo, recordé aquel refrán italiano: «*A morire sempre e tempo*», siempre hay tiempo para morir. «No te apresures, pues», era como si le dictase el destino.

Le señalé el sillón y tomé asiento frente a él.

Me miraba sin decir palabra, tan sólo sonriendo vagamente.

—Me alegro de verte—me obligué a decir.

—Yo también, señor instructor—dijo con una voz muy plana, en la que, como un eco, pude reconocer su voz de antes.

Había dejado de llamarme por mi título de magistrado; lo único que reconocía en mí era mi función de instructor.

—¡Cuánto tiempo ha pasado!—me dijo—. Un año, por lo menos…

—¿Qué haces ahora?—le pregunté—. ¿A qué te dedicas?

—Espero—me dijo.

—Pero ¿no haces nada? ¿No te dedicas a nada?—le regañé—. ¿Te parece bien no estar haciendo nada a tu edad?

Al oír la palabra *edad* se rio con sarcasmo. Tratarle como a un joven, a él, a alguien a quien, a todas luces, se le habían echado los años encima…

—Trabajo desde casa—me dijo con imprecisión—. Redacto demandas de militares. Hago algún trabajillo, alguna traducción de terminología militar. Eso me ayuda. Y, entre otras cosas…, pinto. Esto último lo hago sin cobrar—añadió, sonriendo de nuevo con sarcasmo.

—No sabía que pintabas.

—Como aficionado—dijo—. Pero, ahora que tengo tiempo libre, emborrono algunos papeles. Le he traído hoy una pequeña muestra de mi trabajo.

Y sacó del bolsillo interior de su chaqueta un dibujito. Era la imagen de un joven de uniforme con brillantes galones. Estaba hecho a carbón y sin mucha destreza; pero aquella figura revelaba una necesidad de expresión, quizá incluso un dolor. El joven del dibujo debía de ser un oficial que conoció alguna vez. Llegué a pensar, también, que había intentado retratarse a sí mismo. Al menos, como había sido en otro tiempo.

—Tiene mucha viveza—le dije.

Pero estaba algo más que vivo: era una pura necrológica.

—Se lo he traído como un pequeño obsequio—me dijo.

Me quedé con el dibujo en la mano, un tanto incómodo, y luego lo apoyé en el calendario de sobremesa, para que se tuviera más o menos de pie.

—Muchas gracias. Ya vamos tres a uno. Yo te he hecho un regalo y tú me has hecho tres—le dije en un intento de relajar un poco aquella deprimente situación.

Se quedó callado, mirándome.

Estábamos callados los dos, mirando la ventana que daba al jardín. Unos escasos trinos llegaban hasta nuestros oídos, desfallecidos.

—¿Y los tuyos?—pregunté, porque no podía sufrir más aquel silencio—. ¿Por qué no vas a verlos y descansas un poco? ¿No es hora ya de que me mandes unos higos y unas pasas? ¡Tengo tan buen recuerdo!—dije, tratando de infundirle ánimos.

—Pues sí, muy buen recuerdo—murmuró, aunque era evidente que no se refería a aquellos frutos secos.

—¿Y qué fue de María?—dije para avivar su atención—. ¿Te ves con ella?

Levantó los ojos, que estaban velados como por una niebla.

—María se prometió—me dijo—. Puede que, a estas alturas, esté ya casada.

—¿Con quién?—dejé escapar.

—¡Ah, con quién!—exclamó, indiferente—. Creo que con un comandante o con un coronel.

Nos quedamos callados otra vez.

—Esa chica—dije—tenía desde siempre inclinación por el Ejército.

—Sólo que no calculó bien. Contó mal las estrellas—dijo con un chasquido y una mueca.

—Tú, como si nada—dije yo—. Ahora eres un civil, estás por encima de todos los galones.

Me miró con su cara de antes, como en las ocasiones en que se negaba a entender algo, cuando su mirada se quedaba muerta y apática.

—Mira—le dije con aplomo—, ya es hora de que te hagas a la idea, hora de rehacer tu vida. Confórmate, ya no eres un niño.

Sonreía levemente.

—¿Conformarme con qué?—respondió—. ¿Con menos aún?

—Renuncia a la idea de la demanda. Tírala, rómpela. Olvídate del Ejército, como él se ha olvidado de ti.

Me miró a los ojos.

—No puedo—dijo muy tranquilo, casi flemático.

—Pero ¿por qué?—insistí yo.

—Ya me he acostumbrado.

Fue como si me dijera que estaba acostumbrado a la bebida, al tabaco, a las drogas o a cualquier adicción. Era adicto a los recursos. Resultaba increíble que, sin ellos, no pudiera vivir.

—Y esta vez, ¿de qué te acusan?

Lentamente, sin prisa ninguna, sacó del bolsillo un papel ajado, lo desplegó y lo puso sobre mi mesa.

—Abatimiento psíquico, depresión, trastornos ciclotímicos, necesidad de cuidados. No apto para el Ejército.

Dobló el papel con la misma poca maña y, sin una palabra más, se lo guardó otra vez en el bolsillo. Como si lo que me hubiera mostrado fuera su carné de identidad.

—Puede que todo eso sean imaginaciones—dije—, pero ¿cómo quieres que con esa postura no vuelvan a ignorar nuestro veredicto, suponiendo que te fuera favorable de nuevo?

Se encogió de hombros, como si no le importara. Como si fuera lo último en lo que pensara.

—Y te advierto una cosa: puede que esta vez no sea yo el instructor. No puedo volver a serlo, ¿te das cuenta?

Fue como si le dijera: «Ya no quiero». Me miró como un animal herido. No era ya un león: era un ciervo, algo viejo, al que el rebaño ya no tiene en cuenta.

—Haré lo que pueda—le dije, mirando hacia otro lado—. Pero no puedo asegurarte nada. Resultaría un poco escandaloso que volviese a hacerme cargo de tu caso. Se convertiría en algo personal, tienes que comprenderme.

Me miraba y me comprendía. Pero eso no servía de nada.

—En ese caso, no importa—dijo, haciendo ademán de levantarse—. Puedo arreglármelas solo.

En aquel momento tuve la sensación de que estaba dispuesto a aceptar a cualquiera como instructor. Que había superado la dependencia que tenía de mí. Que había superado todas sus adicciones personales. Que sólo le importaba conseguir un instructor del caso. Que le bastaba con eso. Y que conmigo, en cualquier momento, se acabarían los remordimientos.

Aunque tenía sólo treinta y cinco años, se le habían puesto los cabellos del color de la ceniza, y tenía la piel del rostro flácida y marchita. Yo también había dejado de sentir dependencia de él. De su gracia de antes, ya no quedaba más que su amabilidad, y ésa, distante. En cuanto a su belleza, sólo resplandecía en su frente (esa misma blancura, algo ajada ya por las arrugas).

Dijimos algunas cosas más sin importancia y se levantó para irse.

Me estrechó la mano, por costumbre. Y yo, por costumbre, lo vi recorrer el pasillo, que aquel día, un día nublado y frío, estaba especialmente oscuro, y los revestimientos de madera tenían algo descorazonador. Sus pasos lo conducían con firmeza hacia la salida, que tan bien conocía. Sólo que ahora arrastraba los pies. Era como si se hubiera quitado los zapatos de charol y anduviera en zapatillas. Reparé también en algunas miradas que lo observaban desde las puertas abiertas: colegas, empleados, hasta los bedeles (ese malencarado de Gamilas). Pero ya ni siquiera despertaba la curiosidad. Se había convertido en un mal necesario.

Regresé a mi escritorio, con el dibujo apoyado sobre el calendario.

23

Apuremos ya el final de esta historia.

Estábamos a finales de 1966, y todos en la Corte murmuraban que se avecinaba un nuevo enfrentamiento, filtrando incluso, «de buena fuente», los nombres de algunas personas «de confianza de todos» que asumirían el Gobierno en funciones. Los pasillos estaban oscuros. Ni un rayo de sol, aquel mes de diciembre. Junto a la carga del trabajo cotidiano, comenzaba a sentir, de repente, el peso del tiempo sobre mí.

«Ya va siendo hora de retirarse», me decía a mí mismo.

Un aire inquietante soplaba por todas partes, señalándome que debía recluirme en el despacho de mi casa, en compañía de unos pocos y buenos amigos, y de mi música y mis libros. Esperaba tan sólo a que pasaran unos meses para cumplir los veinticinco años de servicio y poder retirarme con una pensión digna.

Entretanto, las conversaciones seguían bullendo en los pasillos y todos apostaban sobre el desenlace de la situación. Estábamos en vísperas de las elecciones programadas para mayo de 1967, y Papandreou hacía declaraciones sobre una entrada triunfal en Tesalónica a lomos del «blancos corceles». Algunos optimistas creían que «la democracia vencería», y otros, muy pesimistas, negaban con la cabeza.

—¿Crees que lo conseguirá Panagiotakis?—entraba preguntando en mi despacho el vocal V., refiriéndose a Panagiotis Kanellopoulos—. Como orador, me quito el sombrero, pero, como político, me deja indiferente. ¿Estás de acuerdo?—Y tensaba sus labios voluptuosos para enfatizar.

Sólo los militares callaban, como si la partida ya estuviera decidida y el triunfo fuera de ellos. Un ambiente cargado se respiraba en el edificio del Parlamento, donde el destino había querido que nos alojáramos nosotros también. Otros decían que era una coincidencia, pero yo lo veía como una clara señal.

Entretanto, había mediado también una nueva demanda del capitán y su correspondiente sentencia favorable. Yo, de todas formas, me había retirado del caso. Pese a que el presidente quiso que fuera yo quien me encargara de nuevo, preferí trasladar esa carga a hombros de mis colegas, alegando motivos de salud.

Estaba cambiándome en el guardarropa, junto al vocal G. Hablábamos de cosas triviales, pero yo sentía que sus ojos miopes, enmarcados en la dorada montura de sus gafas, estaban clavados en mí. Como si quisieran decirme: «¿Cómo es que, de repente, has perdido el interés?». Y, siempre que me volvía hacia otro de los colegas, notaba también que me estaban observando. Y éstos no eran los únicos. Cuantas veces entraba en la Secretaría, tenía que enfrentarme a la mirada del senador. Entonces, no me acusaba ya de prestar apoyo; al contrario, me afeaba el abandono. Yo dejaba que ella me mirara también. No obstante, tenía por seguro que, en el fondo, había perdido ya su antiguo interés. Como si el deslustre del uniforme del capitán hubiera deslucido su imagen a sus ojos también. Los demás empleados, por su parte, mostraban una total indiferencia. Para ellos, el caso del capitán era ya como si nunca hubiese sucedido.

No sé decirte—porque vas a dudarlo, y con razón—cuál es el motivo por el que la Corte declaraba nulas todas las acciones de la Administración. ¿Acaso por piedad? ¿Por compasión hacia alguien asiduo ya en nuestro tribunal?

¿Por un sentimiento de clemencia para con un hombre desafortunado (clemencia que nunca, ni en los peores casos, se aparta de la Justicia)? ¿O era quizá por un remordimiento de los jueces, que, desde el principio, se habían tomado el caso con tanta ligereza? Sea como sea, la anulación se produjo, otra vez, por algún defecto de forma. Y, asimismo, también habría una razón por la que la Administración insistía, por su parte, en expulsarlo del Ejército. ¿Cómo, si no, habrían procedido los viejos militares, incluso si admitimos que llegaron a entrar en razón? El capitán era ya un hombre inútil. Poco después, como llegamos a saber, ingresó en una clínica.

Así pues, a principios de 1967, por abril, nuestra Corte anuló por última vez la sentencia de la Comisión de Ascensos.

24

Y llegamos así al último acto de esta obra.

Se había producido ya el golpe de Estado de los Coroneles y el país estaba sumido en el caos. Algunos políticos permanecían recluidos en sus casas, «rodeados de gendarmes y de rosas»—en expresión del Viejo Papandreou—y otros se pudrían en las cárceles. También había algunos expatriados. Y otros, claro está, que se guardaban las espaldas, atentos a que se presentara la primera ocasión de tener un papel con la nueva compañía.

Empezaba un invierno duro para Grecia. Estudiantes, pueblo y poder político estaban, por primera vez, unidos. Esos zapatos de charol marrones atados con tanto esmero y lustrados a la perfección, y esos uniformes impecables y tan bien cuidados, habían hecho su trabajo. Todos los que conservábamos aún algún ideal, y todos aquellos cuyos intereses estaban seriamente en juego—que, como se demostró después, eran muchos—, nos encontrábamos unidos. Se diría que ni en la última Gran Guerra había habido tanta cohesión.

Cada día, pues, me enfrentaba al espectáculo del Parlamento cerrado a cal y canto, bajo la vigilancia de policías y soldados; y tenía la sensación de que toda la planta de abajo había sido vaciada, de que habían arrancado los hermosos mármoles y de que los escaños de madera habían ardido en las estufas de algún campamento. E incluso en la Corte Suprema, pese al aparente orden—las togas seguían siendo igual de respetables y las gorgueras seguían ajustándose con gracia—, el eco de la situación penetraba con inesperadas consecuencias. Valga como ejemplo el caso de un colega más joven, el vocal P., que al principio se vio retenido por las autoridades militares, después exilado y, al final, acabó cumpliendo condena en la cárcel como un preso común por delitos penales. «Participación en fundación de banda y acción subversiva como miembro de organización ilegal», fue la argumentación de su condena. No sé cómo reaccionaron mis colegas de la Corte, pues yo me había retirado ya como pensionista.

No obstante, conservé mis rutinas. Algunas mañanas, cuando hacía bueno y me apetecía salir, me daba una vuelta por nuestro tribunal. Allí me hacían siempre un recibimiento: he de decir que cálido, dado que ya no estaba de servicio y que no pesaba sobre mí la sospecha de «acciones subversivas». Me agradaba, no lo oculto, como a cualquier jubilado al que le complace volver al lugar donde sirvió para cobrar los dulces frutos de sus esfuerzos. Me gustaba sumirme en la calidez de los despachos, disfrutar del confort de los revestimientos de madera, e incluso deambular por el caos familiar de los pasillos.

En esos mismos pasillos, escuché por vez primera cierto rumor que circulaba por el servicio según el cual un conocido cliente de la Corte merodeaba otra vez por allí, importunando a la Secretaría y exigiendo que desempolvaran su expediente con la excusa de sabe Dios qué asunto aún no resuelto.

—Es un tipo extraño—me comentó un instructor nuevo con el que había hecho buenas migas—. ¡No se imagina usted! ¡Todos saben de él, pero ninguno lo conoce! Asegura que tiene una demanda pendiente.

—¿Quién puede ser?—le pregunté, movido por una curiosidad interior que acertaba a tocar ciertas cuerdas de mi alma.

—Ya se lo señalaré—me dijo—. Es un visitante asiduo. Lleva una vieja gabardina gastada, que le llega hasta los tobillos, y una extraña carpeta, muy gastada también, con la que entra y sale de la Secretaría. Insiste en que hay pendiente una demanda suya y pregunta si se ha publicado la sentencia en el Boletín del Estado. Y cuando le preguntan: «¿Qué demanda?», él afirma que la va a ganar. Tiene un argumento que, en mi opinión, es incontestable: «Por justificación insuficiente». Así suele decir.

—Siento mucha curiosidad por verle—le dije con aire distraído.

—Tal vez lo conozca—me dijo entonces el nuevo colega—, pues parece que es cierto que hace años tuvo trato con nuestro tribunal.

—Puede ser—me apresuré a decir, detectando cierto tonillo raro en su voz—, pero ahora no caigo.

Y, aprovechando la ocasión, allí donde estábamos, en un rincón tranquilo del pasillo, le pregunté si había noticias del vocal P.

No me contestó de inmediato: antes se volvió a mirar a su alrededor.

—Lo tienen en la cárcel—dijo, bajando el tono de voz.

—¿Y qué perspectivas hay?

—De momento, ninguna—me respondió en el mismo tono—. Por lo que parece, no hay esperanza. —Y se excusó para volver corriendo a su despacho.

Al pasar por la Secretaría, miré hacia el interior. La señorita Fone se había jubilado ya. La rígida figura del senador había sido sustituida por la de una joven, debo reconocer que guapa. Otros dos jóvenes, peinados a raya con la nuca rapada, llevaban el registro y la contabilidad. Por lo que pude ver, me parecieron muy descarados. En vano esperé a ver a Gamilas recorrer los pasillos con su paso bamboleante. Otros bedeles nuevos entraban y salían a toda prisa.

«¡Hay que ver cómo ha cambiado todo!—dije para mí—. ¡Se fue la vieja guardia y ya no conozco a nadie!». En realidad, era como si estuviera diciendo: «Soy un extraño, un intruso». Hasta el último cabo que me unía al servicio había sido ya cortado.

Recorrí el largo pasillo, que ese día se me hizo interminable, y salí por la puerta que da a la avenida de la Reina Sofía. Al pasar junto a los puestos de flores, eché un vistazo en ellos.

Pude ver a Mitsos, que me hacía señas como si tuviera algo que decirme que no debiera ser oído por nadie.

—¿Qué hay, Mitsos? ¿Cómo andas?

—Mis respetos, señor presidente. ¡Cuánto tiempo sin verle!

Al menos ahí, en el puesto de flores, tenía a alguien con quien hablar.

—Me he jubilado—le dije.

—Ya lo sé—me respondió.

Lo sabía todo. Sus pupilas me miraban fijamente, y su cabeza, ya toda canosa, escoraba ligeramente hacia uno de los lados, como si fuera a guiñarme un ojo. Un soldado amigo, pensé, fuera de lo Desconocido.

—¿Están bien tu mujer y tus hijos?

—El mayor se ha hecho fontanero—me dijo—. Y ha abierto su propio negocio. Con el pequeño no sé qué hacer. Dice que quiere estudiar Derecho—dijo con tono indagador—. ¿Usted qué piensa de eso?

—¿Y por qué no habría de estudiar?—le dije—. ¡No va a ser el único! ¿Se le dan bien las clases?

—Es un lince. ¿Sabe lo que me dijo el otro día? Papá, yo quiero ser juez.

No dije nada. Sólo sonreí.

—¿Puede ser juez el hijo de un florista?—me preguntó—. ¡Eso es lo que me tiene preocupado!

—¡Claro que puede!—le contesté—. Si se lo propone de verdad. Igual que el hijo de un juez puede ser florista.

—¿Se lo mando un día para que hablen de ello?—me preguntó, componiendo un ramo de crisantemos.

—¿Por qué no?—Y le di mi tarjeta.

—¡Fetén!—exclamó. Y, cambiando de tono, preguntó—: ¿Qué va a llevar hoy, señor presidente? Tengo unos crisantemos preciosos. A no ser que prefiera claveles. Tengo unos claveles blancos de primera.

Mi mirada se había quedado prendida de un ramo de claveles rojos, muy rojos. Él se dio cuenta y movió la cabeza. Una fuerte nostalgia pareció embargarle en aquel momento. Tal vez, quién sabe, le vinieran a la memoria los viejos tiempos, cuando todo este lugar bullía y teníamos que hablar a gritos para entendernos.

Le cogí una violeta y, pese a su resistencia, se la pagué como si fuera un ramo.

—Y mándame a tu hijo cuanto antes—le dije al marcharme.

Me detuve frente al monumento al Soldado Desconocido para ver el cambio de guardia. Un viento frío que bajaba silbando del Parnes levantaba polvareda en la plaza, casi desierta. Embozados en sus abrigos, los transeúntes pasaban deprisa. El ambiente era gélido. La ciudad acusaba un vacío.

En la esquina de las calles Otón y de la Reina Amalia, unas cuantas personas se habían quedado mirando hacia la fachada del tercer edificio de Otón y susurraban entre ellas. En la esfera de un enorme reloj, que podía leerse desde lejos, las manecillas se habían quedado paradas, señalando el once y el cuatro.

«Uno-uno-cuatro», le oí decir a un joven con chaqueta de cuero, que estaba muy de moda entre la juventud, dirigiéndose a otro que iba vestido igual.

Se rieron con satisfacción, se dieron la vuelta y me miraron como si les resultase sospechoso. Algo se dijeron y se fueron deprisa. Yo también me fui.

Volví directamente a casa, donde Sofía, aquejada de reúma, me estaba preparando la comida. Almorcé algo ligero, me fumé un cigarro y me retiré a mi biblioteca. Abrí el libro de poemas de Safo y me sumergí en su lectura. En aquellos días, ponía a prueba mis fuerzas intentando traducir algunos versos, dado que a mi propia labor como poeta ya había renunciado hacía mucho. Me detuve en un fragmento que me gustaba en especial:

κατθνάσκει, Κυθέρη, ἄβρος Ἄδωνις, τί κε θεῖμεν,
καττύπτεσθε, κόραι, καὶ κατερείκεσθε χίτωνας.

que yo, muy por encima, había traducido así:

Agoniza, Citeria, el hermoso Adonis,
¡qué podemos hacer!
Golpead vuestro pecho, niñas,
y en pedazos rasgad vuestros mantos.

Tenía frente a mí la violeta de Mitsos, sola en un pequeño búcaro.

25

Y llego así al epílogo.

Debió de ser varios meses después. Estábamos ya en 1968 cuando cierto caso me llevó de vuelta a la Corte Suprema. Esa vez no fui por voluntad propia. Me había llamado el presidente, no el antiguo, el de las bifocales, sino otro nuevo, de gafas también, con el que había coincidido alguna vez en algún tribunal.

—Necesito tus luces—me dijo al teléfono—. Se trata de un caso muy serio. Te espero.

Pensé que, tal vez, podía tratarse de un caso de soborno, porque a menudo sobornos y favores adoptan forma de asesoría legal; pero luego me dije: «No importa; aunque así sea. Si me necesitan, es porque todavía valgo para algo». Porque he de decirte que, aunque el viejo Caronte se dejaba ver en lontananza, yo tenía mis fuerzas aún íntegras—sobre todo, las mentales—y no me sentía en absoluto inútil. Sólo con los libros que leía y con los trabajos que pensaba publicar en revistas, tenía ya cubierto el tiempo y las necesidades de mi alma. Así que fui a ver de qué se trataba y a encontrarme, de paso, con mis viejos colegas.

Tras unas palabras de cortesía sobre asuntos triviales, el presidente me dijo, al fin:

—¿Sabías que muchos oficiales que fueron apartados del Ejército en los primeros meses del 67 después de la «revolución» están recurriendo a nosotros, pidiendo su restitución? En sus demandas hablan de expulsión ilegal.

—Algo he oído decir—le respondí—. Pero ¿en qué podría yo ser útil?

—¡Ah, tú—me dijo con un aire de autoconvicción—, tú estás considerado el más experto en temas militares! Tú eres quien conoce su mentalidad, y puedes ayudarnos a encontrar una solución. Hasta ahora, hemos hecho tres aplazamientos para ganar tiempo.

—¿Y con qué argumentación?—pregunté.

—Remitimos el caso al pleno, considerándolo «de máxima importancia». Pero la razón es otra—dijo, bajando la voz—. Nos presionan para que desestimemos los recursos y dictemos la sentencia que ellos quieren. ¿Me comprendes? Me gustaría que tú, que sabes de qué pasta están hechos, me dijeras lo que piensa esa gente.

—Piensan en la «revolución»—le dije—. ¿En qué, si no?

Y seguimos hablando un buen rato en ese mismo tono. Me entristecía que personas de su prestigio se aviniesen a encontrar soluciones de compromiso. Bien es verdad que no sé lo que hubiera hecho yo en su caso.

No había terminado aún de departir con el presidente y de intercambiar algunos chascarrillos con los compañeros de antes, cuando vi que el nuevo instructor venía hacia mí. Venía con los ojos encendidos y con cara de obstinación.

—Venga usted—me dijo con un tono muy raro—. Le necesito: ahora es el momento. —Y me señaló un lugar al final del pasillo.

No entendía nada y le pedí una explicación.

Se trata del tipo que le decía—susurró—. El de las demandas imaginarias. ¡Ahí está!—dijo, señalando a la puerta de la Secretaría—. Yo, por desgracia, no puedo acompañarle. Si me viera, creería que soy su instructor, suele ser así, por lo que es mejor que vaya usted solo (a usted no le conoce) antes de que se marche. Merece la pena, se lo aseguro. —Y se metió en su despacho con una sonrisita.

Me acerqué a la puerta de la Secretaría.

Inclinado sobre la muchacha que llevaba el protocolo, había un hombre de mediana edad, con la espalda encorvada, casi jorobado. Estaba parado frente al escritorio como si estuviera caminando por la cuerda floja, como si, de un momento a otro, fuera a caer desde una gran altura al foso de los papeles. Llevaba, como me habían dicho, una gabardina muy larga, casi hasta los pies, del color del óxido, como esas que se llevaban en el Ejército en campaña, con solapas anchas y cuello doblado, y con hombreras en las que, sin embargo, no había galones. El pelo, también lo llevaba largo. Se diría que, pese a su edad y su aspecto caduco, seguía la moda de la juventud. Era la época en que los jóvenes se empeñaban en no cortarse el pelo, contra lo que les decían en casa y en las escuelas.

El hombre que me habían señalado parecía no tener el menor sentido de la realidad. Con su voz monótona, reclamaba la copia de cierta sentencia, apelando a una anulación anterior. La muchacha de la Secretaría, pese a toda la carga de trabajo, se mostraba exquisitamente paciente con él, como si se tratara de un viejo y asiduo cliente al que se hubieran acostumbrado ya, de una de esas figuras pedigüeñas que aparecen por Pascua y Navidad y a las que, compasivamente, despachan con algún aguinaldo.

Me acerqué un poco más.

—Sí, señor. Por supuesto, señor—le oí decir a la joven—. Tenga un poco de paciencia: ya sabe usted cómo son estas cosas.

Los ojos de la chica parecían cansados, pero se mostraba comprensiva, como sabiendo que eso era todo y que no tardaría en pasar. Tal vez, en el fondo, hasta se estuviera divirtiendo. Estaba en esa edad en que las cosas de la gente de edad más avanzada incluso nos divierten. Llegó a dirigirme una mirada, como diciéndome: «No importa, déjele hablar. En el fondo es inofensivo». En las mesas de al lado, los jóvenes del pelo a raya y la nuca rapada se tronchaban de risa sin reparos.

Aquella mañana, una mañana rutilante de primavera (tan poco grata a los que tienen razones para la tristeza), el hombre encorvado de la gabardina parecía particularmente insistente.

—Le digo que en algún lugar ha de estar mi demanda, no ha podido perderse.

El tono de su voz, aunque insistente, era notablemente sosegado. Era como un antiguo bofetón que hubiera ido perdiendo fuerza hasta convertirse en una caricia.

—Sí, señor. Nos encargaremos de ello—le dijo la muchacha—. Pásese dentro de un tiempo y no se preocupe.

—No obstante, estoy seguro—repitió él y, como si quisiera encontrar un testigo, se volvió hacia donde yo estaba.

Yo ya estaba casi a su lado.

—Tal vez, este señor sepa algo del caso—dijo señalando hacia mí.

Por poco me desmayo de la impresión. Era él—un fantasma—, no me cabía la menor duda. Pese a su cabellera canosa, las arrugas que le ajaban la piel y su extraña indumentaria, era la misma persona. El apuesto capitán.

Parece ser que él también me reconoció.

—El señor magistrado puede confirmárselo—le dijo a la chica.

Y entonces comenzó a avanzar hacia mí.

Confieso que me dio miedo. Tenía toda la pinta de estar loco. La manera en que se me acercó me hizo recordar nuestro primer encuentro. Era la misma con que consiguió convencerme—suavemente pero con aplomo—de que le acompañara a la Secretaría. De esa misma manera venía ahora hacia mí. Como si no hubiera pasado ni un día. Y entonces, de repente, en una terrible contracción del tiempo—un minuto, sería—, reviví toda la historia. Tuve otra vez en frente la figura del senador con su peluca gris, mirándome con cara vengativa, y oí los cuños de los oficinistas precipitarse en el vacío. Un trino embriagador entraba nuevamente por la ventana abierta.

Yo seguía de pie, como golpeado por un rayo.

—¿Cómo está?—me dijo el hombre de la gabardina—. ¿Qué es de su vida, señor magistrado? Me alegro mucho de verle. Ha llegado usted en el momento preciso. Esta gente—me dijo, señalando al protocolo—rehúye el juicio. No quieren encontrar mi demanda.

—¿Ha interpuesto usted una demanda?—le pregunté, confuso, tratándole de usted, como antaño.

—Por supuesto—me dijo con tono de reproche—. Bien lo sabe usted. ¿Por qué pregunta?

Le di a entender a la muchacha que no dijera nada y lo cogí del brazo para llevármelo de allí.

—Está bien—le dije—. Seguro que tiene usted razón. Daremos con el problema. Será alguna cuestión burocrática. ¿No faltará alguna póliza?

Vi cómo se le iluminaba la cara, y lo saqué del brazo hasta el pasillo. Me seguía manso como un corderito.

—Me alegro mucho de verle, señor magistrado—volvió a decirme—. Le habíamos echado mucho de menos.

Aunque muy cambiado, seguía siendo el mismo. Parecía preocupado por mí, porque me veía un tanto receloso y apenado, y era como si, por un instante, se hubiera olvidado del asunto que lo martirizaba.

—¿Qué dices—le pregunté, entonces, pasando a tratarle de tú—, salimos a que nos dé un poco de aire? Hace un día precioso.

Me siguió arrastrando los zapatos: unos zapatos que se habían quedado en las suelas, y éstas muy remendadas. A saber qué espectáculo estábamos dando, porque sentí muchas miradas clavadas en nosotros. Yo, con mi traje azul oscuro, bien afeitado y con un elegante sombrero, cogiendo del brazo a un hombre desaseado, de edad indefinida y aspecto de mendigo (de mendigo educado, claro está). Aquellas miradas nos fueron siguiendo hasta la puerta de salida, pero las aguanté, como aguanté ese caso durante tantos años.

—¿Dónde vives ahora?—le pregunté—. ¿Qué haces? ¿Viven tus padres? ¿Vas a verlos?

—Están de maravilla—me dijo con un tono despreocupado—. Pero muy raramente voy por Lócride. Me he hecho a estar en Atenas. Y, además, mi trabajo—enfatizó—me impide alejarme mucho.

—¿A qué te dedicas ahora?—le pregunté.

—Hago muchas cosas—me dijo con una sonrisa pícara—. Pero lo que más tiempo me ocupa es el caso del ascenso denegado.

Había obviado el hecho de que lo habían expulsado del Ejército. Seguía estando en la fase del ascenso denegado.

Caminamos un poco los dos juntos.

En la floristería, se detuvo a mirar un jarrón con lirios. Su mirada, totalmente nublada, como hipnotizada, había ido a posarse sobre esa blanca e inmaculada flor. Como si le hubiese recordado algo relacionado con su juventud. El fantasma de Adonis, postrado ante la imagen de Afrodita.

—¿Se ha fijado en lo blancos que son?—me dijo, sorprendido.

Pasé un buen apuro, porque, en ese momento, el florista—que, por suerte, no era Mitsos—empezó a mirarnos raro; pero yo no quería intervenir para no romper esa visión que tan cara le había costado. Algo de la vieja simpatía y amistad había regresado del pasado—provisionalmente— y había hecho nido en mi alma, junto con la enorme compasión que sentía por aquel desgraciado.

—¿Vas alguna vez por la unidad?—le pregunté para avanzar un poco—. ¿Ves a tus compañeros? ¿Qué es de Kakoulakos?

Me causó impresión acordarme aún de ese nombre, después de tantos años. El del capitán lo había olvidado.

—¡Claro que voy por la unidad!—me respondió—. Pero, de los viejos, van quedando pocos. Kakoulakos es ahora coronel.

Esa frase, tal como la dijo en la plaza de la Constitución, frente al monumento al Soldado Desconocido, sonó muy extraña. Sin querer, hice un gesto como si hubiera alguien escuchándonos.

Él debió de notarlo y movió la cabeza.

—¿Ve usted, señor magistrado? No les vale con denegarme a mí el ascenso. Ahora se lo deniegan a todos. Incluso a los civiles. Y a los niños.

Lo escuchaba en silencio. Era la única cosa con sentido que había dicho ese día. Me dio vergüenza volverme hacia atrás a mirar. En el fondo, pensé, estaba acompañado de un militar. De uno que, bien pensado, podría ser ahora coronel.

En aquel momento, por el lado de la avenida de la Reina Amalia, apareció una banda de música. Apareció una guardia, precediendo a alguna autoridad con sombrero de copa. La banda formó, y la autoridad, portando una corona de flores, avanzó unos pasos para depositarla a los pies del Soldado Desconocido.

La gente, en vez de pararse a observar, apuraba el paso. Nosotros dos fuimos los únicos que nos quedamos allí.

Al poco rato, se detuvo la banda. La autoridad entró en un coche que estaba esperando y el aire quedó más despejado. Volvieron los niños a dar de comer a las palomas, y los que pasaban se detenían a mirar.

Durante todo el tiempo que duró la escena, el capitán había permanecido en posición de «firmes», sin acusar siquiera la más mínima contracción en su rostro. Lo cogí nuevamente del brazo para sacarlo de su pétrea actitud y, cruzando la calzada, nos dirigimos hacia la plaza de la Constitución.

—¿Hacia dónde vas?—le pregunté.

Hizo un gesto indefinido, que podría significar «a todas partes y a ninguna».

—Yo voy a coger un taxi—le dije—. ¿Quieres que te deje en algún sitio?

—No—me contestó—. Todo militar debe caminar varios kilómetros al día. Así está establecido.

—Entonces, me voy ya—le dije, preparándome para despedirme por última vez de esa persona que había tenido un papel tan extraño en mi vida—. ¡Mira por dónde, estaba escrito que volveríamos a encontrarnos!—dije como un pequeño prólogo a la escena de la despedida—. ¡Los dos ya jubilados!

A punto estuve de añadir «¡Así es la vida!», pero me sonó melodramático y contrario a mis sentimientos.

—Yo no estoy jubilado—me dijo con cierta altanería que me recordó al capitán de antes—. Al menos, mientras esté pendiente mi demanda—añadió, mirando fijamente a algún punto perdido en el horizonte.

—Tienes razón—intenté corregirme—. Estoy equivocado. Tú eres más joven y aún tienes un futuro por delante.

Y, en ese momento, súbitamente, tal como estaba parado en el bordillo de la plaza, se lanzó hacia delante como si quisiera caerse, como si quisiera desaparecer bajo las ruedas del primer coche que pasase. Y eso es lo que hubiera sucedido si yo no llego a sujetarlo por el brazo.

Pero él no tenía la más mínima conciencia.

—¿Acaso no te sientes bien?—le pregunté con voz temblorosa—. ¿Hay algo en lo que pueda ayudarte?

—Usted sabrá—me dijo con un tono que no supe cómo interpretar.

Y me quedé mirándolo, pasmado.

—Dele un empujón a mi demanda. Hágase cargo. A usted es al único que conozco. Y es usted un veterano, como yo.

Después sonrió de forma lamentable.

—Yo me ocupo—le dije—. Quédate tranquilo.

Volví a cogerlo del brazo.

—No obstante, déjame que te lleve en el taxi—le dije suavemente—. Estos recursos son agotadores; y no olvides que ya no somos tan jóvenes.

—No—concedió como un niño, moviendo la cabeza como un viejo.

Caminamos un poco, tratando de encontrar un taxi. Vi que se detenía de nuevo, como asaltado por alguna idea.

—Iré yo solo—exclamó—. Me he acostumbrado a estar solo.

—Como tú veas—le respondí.

Se me pasó por la cabeza, sin embargo, que aquel hombre no tenía dinero, no ya para un taxi, sino para un paquete de tabaco.

Se lo pregunté de manera indirecta, con la mayor discreción que pude.

Evitó responderme, mirando hacia otro lado. Estaba claro que aquella pregunta le resultaba muy embarazosa.

—Bueno—le dije, llevándome la mano al bolsillo—. Soy consciente de la situación que tienes que afrontar en el

Ejército, y hasta me imagino que es posible que te tengan embargado el sueldo.

Y, separando un billete del fajo, intenté metérselo en la mano.

La retiró de golpe, como si le hubiera echado agua hirviendo (ése fue, por cierto, el único movimiento enérgico que le vi hacer), y, deshaciéndose del billete, se levantó el cuello de la gabardina y echó a andar.

No me dio tiempo a despedirme.

Lo vi perderse entre la gente, con un aire arrogante y una seguridad en sí mismo inspirada tal vez por la propia negación a aceptar mi dinero. De repente, había dejado de andar encorvado, y de nuevo vi ante mí aquel porte, sus tres estrellas en las hombreras, hasta el escudo de la nación en su gorra de plato. Lo vi perderse en un resplandor aún íntegro, en una apoteosis de su figura, que había regresado otra vez.

Era mi capitán. El apuesto capitán.

El anciano de la butaca concluyó su relato y dejó caer los brazos.

Yo tenía en la mano el pequeño retrato, ese modesto carboncillo, como tratando de apurar hasta el último detalle de aquella historia.

—¿Lo ha vuelto a ver desde entonces?—le pregunté—. ¿Ha sabido algo de él? ¿Vive aún?

—¿Qué hora es?—me dijo por toda respuesta, y haciendo un esfuerzo se puso de pie—. Lo ves, ya me he quedado solo.

Sofía ya no estaba. Puede que hubiera fallecido o que, simplemente, se hubiera marchado. Sus libros flotaban en el silencio, y sus papeles parecían un montón de cenizas.

—¿Conoce alguien más esta historia? ¿Se la ha contado a otras personas?—dije, dispuesto a encender un cigarro.

Con un gesto, me dio a entender que le molestaba el humo.

—¿Por qué habría de contársela a nadie?—dijo, un tanto irritado.

—¿Y por qué ha decidido contármela a mí?—continué preguntando.

Me miró un momento y luego desvió la mirada hacia el dibujo.

—¡Tonterías!—dejó escapar con un chasquido de los labios, y con paso vacilante cruzó la habitación hasta detenerse al lado de la puerta.

Era obvio que estaba impaciente por quedarse solo.

También yo crucé la habitación, tratando de evitar hacer ruido con los tacones. El suelo, carcomido, crujía a cada paso. Todo lo que había allí dentro parecía tremendamente viejo. A fin de cuentas, el hecho de que hubiera acudido a pedir su consejo no implicaba que hubiera de seguirlo. Sus opiniones me eran ya conocidas. Ya había tenido que sufrirlas. En cuanto a la historia del capitán (yo también tenía ese grado), si bien me había fascinado, ya era pasado para mí. El Parlamento funcionaba y volvíamos a tener políticos. En cualquier momento entraríamos en la década de 1980. Y yo era todo esperanza y ambición. Aunque hubiera tenido problemas, mi caso entraba ya en la recta final. Dentro de poco, estaría de nuevo en activo, ya como comandante.

Me ajusté la gorra en la cabeza y me cuadré para despedirme.

—Se lo agradezco mucho—le dije—. Me ha sido muy útil todo lo que he escuchado.

Me miró con ironía.

—Para ti—me dijo, despacio—, todo esto no tiene la menor importancia.

Quise decir algo, pero él se adelantó.

—Llámame para decirme cómo ha ido tu caso. Si es necesario, hablaré con un colega, a ver qué podemos hacer…

Me habló como habría hablado años atrás.

Y cuando me volví hacia el espejo para ponerme el gabán le oí decir:

—Ese uniforme te sienta muy bien. Espero—añadió con un brillo en los ojos—que lo conserves hasta el final.

Lo vi desde la calle. Estaba parado en la ventana, detrás de los visillos. Era ya un carcamal, un fantasma con el que nada tenía yo que ver. Y además, obviamente, no era a mí a quien miraba.

Me fui a paso ligero, haciendo resonar los tacones.

1979-1982

ESTA EDICIÓN, PRIMERA, DE «EL
APUESTO CAPITÁN», DE MENIS KOUMANDAREAS,
SE TERMINÓ DE IMPRIMIR
EN CAPELLADES EN EL
MES DE FEBRERO
DEL AÑO
2024

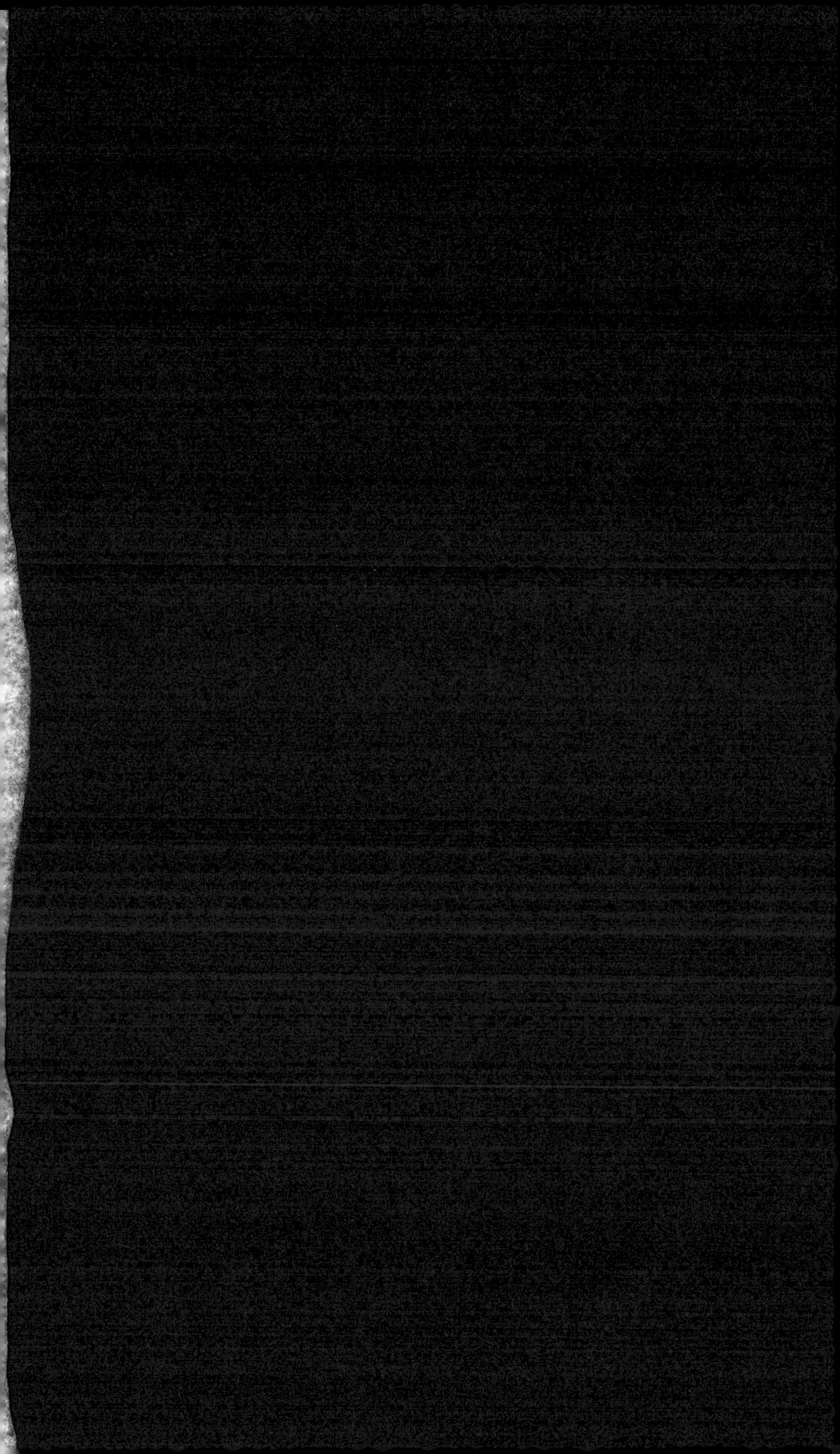